AF308565

MÉMOIRES

D'UN

VIEUX PÊCHEUR AMÉRICAIN

PAR

BÉNÉDICT-HENRY REVOIL

ILLUSTRATION PAR VAN DARGENT

TOURS

ALFRED MAME ET FILS

ÉDITEURS

OUVRAGES DE LA MÊME COLLECTION

FORMAT PETIT IN-8° — 1re SÉRIE

Aventures d'un florin (les), racontées par lui-même.

Bagdad, la Reine du Désert, par W. Herchenbach; traduit avec l'autorisation de l'auteur par Mlle A. Simons.

Causeries de Mlle Mélin (les), récits sur les petits devoirs de société, par Martha Bertin.

Clémentine, ou l'Ange de la réconciliation, par Marie-Ange de T***.

Conseils du père Vincent (les), ou les Bienfaits de l'épargne, par Paul Mairat (Maret).

Corbeille de Fraises (la).

Dessus du Panier (le), par Jean Grange.

Deux Sœurs (les), suivi de Une Aventure en Pologne, imité de l'anglais par Adam de l'Isle.

Directrice de Poste (la).

Dumont d'Urville, par Fr. Joubert.

Étal, ou le Travail, par Ét. Gervais.

Exilées de la Souabe (les), par Mlle Louise Diard.

Fille du Meunier (la), ou les Suites de l'ambition, par Mlle L. Diard.

Flora Mac-Alpin, épisode de la cour de Jacques VI d'Écosse.

Grand'Mère de Gilberte (la), par Mlle des Ages.

Grands Agriculteurs modernes (les), par Mme la Cesse Drohojowska.

Grands Inventeurs modernes (les), par Mme la Cesse Drohojowska.

Henriette, ou Piété filiale et dévouement fraternel, par Stéphanie Ory.

Héroïne de Tahti (l'), par W. Herchenbach; traduit de l'allemand par Mlle A. Simons.

Jeudis du capitaine Dumont (les), par E. Pinson.

Louise Leclerc, par Marie-Ange de T***.

Manuscrit de Javotte (le), par Mme Mathilde Sandras.

Marianne, ou le Dévouement, par Marie-Ange de T***.

Marie de Langeville, ou la Résignation chrétienne, par Stéphanie Ory.

Mémoires d'un vieux pêcheur américain, par Bénédict-Henry Révoil. Illustration par Yan'Dargent.

Michelle Parvis, ou l'Enfant de la Providence, par E. V.

Mozart, par Étienne Gervais.

Navigation aérienne (la), par Arthur Mangin.

Par-dessus le buisson, par Jean Grange.

Parmentier, par Fr. Joubert.

Petit Charles (le), ou Comment on peut venir en aide à sa mère, par Mygga.

Proverbes et Nouvelles, par Jean Grange.

Quatre Chemins (les), par E. Pinson.

Richard-Lenoir, par Fr. Joubert.

Simon et Simone, par Martha Bertin.

Successeurs (les) de sir John Franklin, par Henri Feuilleret.

Trésor de la maison (le), par Maurice Barr.

Triomphe de la vérité (le), imité de l'anglais par Adam de l'Isle.

Vauda, Journal d'une Petite-Russienne, par Marie Guerrier de Haupt.

Vauquelin, par Fr. Joubert.

Voyage à la recherche de sir John Franklin, par Henri Feuilleret.

Voyage en Islande, par Émile Chevalet.

MÉMOIRES

D'UN

VIEUX PÊCHEUR AMÉRICAIN

———

1ʳᵉ SÉRIE PETIT IN-8°

Une tortue, ayant atterri, traînait péniblement son corps
pesant sur le sable.

MÉMOIRES

D'UN

VIEUX PÊCHEUR AMÉRICAIN

PAR

BÉNÉDICT-HENRY RÉVOIL

ILLUSTRATION PAR YAN'DARGENT

TOURS

ALFRED MAME ET FILS, ÉDITEURS

1886

MÉMOIRES

D'UN

VIEUX PÊCHEUR AMÉRICAIN

I

LES MONSTRES DE L'ATLANTIQUE

Je revenais d'un voyage à la Havane à bord d'un navire à voiles qui avait été remorqué jusqu'en plein golfe du Mexique, en vue des embouchures du Mississipi. Le vent s'était tu, la brise elle-même avait cessé. La mer ressemblait à une glace immense, incommensurable; et, quoique les voiles fussent déroulées, notre navire n'avançait pas d'une ligne. On eût dit une énorme baleine échouée, soutenue au-dessus des eaux par sa légèreté relative. La température tropicale, le soleil ardent, tout conspirait pour rendre insupportable l'immobilité dans laquelle se trouvait le *San-Christoval*. Un jour s'écoula de la sorte, puis deux, puis trois, une semaine enfin; et si nous avions perdu de vue la terre, c'était plus par la force des courants que par le caprice du flot.

Nous jouissions, — si tel mot peut rendre notre désappointement, — d'un calme plat qui faisait enrager l'équipage et les passagers. En vain le capitaine s'était-il mis en frais d'imagination pour distraire les voyageurs confiés à ses soins; ses bons dîners, les soirées musicales, les bals même n'avaient point réussi à dissiper la langueur, l'atonie, le découragement de tous les bipèdes entassés dans le *San-Christoval.*

La seule distraction qui nous fût agréable était celle de la pêche. Nous aimions tous à voir se glisser le long des flancs du navire des troupes de dauphins énormes dont les écailles d'or bruni étincelaient et chatoyaient au soleil, à travers le prisme des rayons irisés. Nous éprouvions un grand plaisir à voir le capitaine et ses matelots harponner ces monstres de l'Atlantique, ou bien s'emparer d'eux à l'aide de gros hameçons.

Rien n'était plus curieux que la pêche de ces squammées, qui s'élançaient sur l'appât et étaient aussitôt accrochés. Dès qu'ils se sentaient appréhendés au corps, ils s'élançaient avec impétuosité, emportant la ligne jusqu'à ce qu'ils fussent arrêtés, à bout de corde; puis ils sautaient en l'air et parvenaient quelquefois à se détacher. Lorsque cette bonne chance ne leur arrivait pas, nous laissions le monstre accomplir toutes ses évolutions; et dès

qu'il était épuisé on le hissait sur le pont, où il sautait encore à droite et à gauche, comme s'il eût été dans son élément ; puis tout d'un coup le corps se raidissait, la vie s'en allait et la rigidité s'emparait de ce poisson géant.

Les dauphins du golfe du Mexique voyageaient par troupes de cinq ou six individus, chassant en meute dans l'eau comme le feraient des loups au milieu d'un bois. Le but de leur chasse était ordinairement le poisson volant ou le « gouvernail », autrement dit la perche marine, qu'ils happaient sous les flancs du navire, où elle se tient attachée.

Ce qu'il y avait de plus amusant, c'était de voir les dauphins chercher à atteindre les poissons volants. Ceux-ci échappaient d'abord à leurs ennemis par la rapidité de leur fuite ; ils s'élançaient ensuite en l'air, c'est-à-dire au-dessus de la surface de l'eau en déployant leurs nageoires, dont la forme est celle de grandes ailes, et prenaient leur volée à droite et à gauche comme une compagnie de perdreaux s'élançant d'un trèfle devant le chien d'un chasseur ou poursuivis par un faucon. Il est vrai que le vol n'était pas aussi prolongé ; de sorte que les dauphins, qui les suivaient de l'œil, s'élançaient-ils deci delà, de façon à happer un des retardataires au moment où il retombait dans la mer.

Ce qu'il y avait de plus étonnant dans les évolutions de nos dauphins, c'était l'affection qu'ils semblaient se porter mutuellement. L'un d'eux était-il pris au *hook* ou harponné, tous ceux qui restaient libres l'entouraient et paraissaient vouloir lui porter secours. Et quand le poisson capturé, à bout de forces, était tiré en l'air, hissé par la corde perfide jusqu'au sabord par lequel il arrivait sur le pont du *San-Christoval*, ses pauvres camarades poussaient un soupir à fendre l'âme. Un moment après cependant le malheur paraissait oublié ; les autres survivants revenaient aux appâts, s'aventuraient sous le harpon et payaient de leur vie leur folie ou leur courage.

Certain matin, le cinquième depuis notre départ, un soleil torréfiant faisait fondre la poix de notre navire, et nul n'osait s'aventurer sur le pont, si ce n'est les matelots chargés de la manœuvre, et encore, de peur de coups de soleil, ces braves *tars* se couvraient-ils la tête de grandes toiles blanches ; le maître coq du bord vint m'avertir qu'une multitude de dauphins couvraient la mer tout autour du *San-Christoval*. A entendre mons Daniel, — ainsi se nommait le cuisinier, — c'était un signe de vent, et, qui plus est, d'un vent favorable.

Je me hâtai de monter sur la dunette, et dans l'espace de deux heures Daniel et moi nous avions pris dix dauphins à l'aide d'un morceau de requin coupé en tranches, nourriture que ce poisson semble préférer à toute autre. Du reste, le dauphin peut être classé dans l'ordre des goulus ; car, lorsque la faim le presse, il se jette sur tous les appâts. J'en ai vu même se laisser prendre avec un morceau de drap blanc entortillé sur l'hameçon.

Malgré la présence nombreuse des dauphins à bâbord et à tribord du *San-Christoval*, la brise ne s'était point levée ; les gens de l'équipage et le capitaine paraissaient désespérés, et les passagers éprouvaient le même sentiment. Moi je n'avais qu'un seul plaisir, et je m'en donnais à cœur joie : ce plaisir était celui de la pêche. Je ne me lassai pas. Après déjeuner, ce jour-là, je jetai mon *hook* à la mer, et bientôt je vis un énorme dauphin qui avalait l'appât et entraînait le fil de caret. Mordious ! le poisson était énorme ; il tirait, il tirait à entraîner le navire, et il me fallut l'aide de deux matelots pour hisser ma capture jusque sur le pont. C'était réellement un admirable squammée, que je ne cessais pas d'admirer, tandis que sa queue battait sur le pont avec la régularité de la baguette d'un tambour. Ce qu'il y avait surtout de remarquable dans ce poisson monstre, c'était la couleur de caméléon de ses écailles, qui passaient de l'or au lapis, du lapis à l'émeraude, du saphir à l'argent. Lorsqu'on lui ouvrit le ventre pour en retirer les entrailles et le dépecer en morceaux pour les besoins de la cuisine, on trouva dans son estomac une manne de poissons volants disposés côte à côte, tous la queue en bas, ce qui nous fit supposer que les dauphins avalaient toujours leur proie en commençant par la queue.

La longueur de tous ces poissons était environ de trois à cinq pieds, et leur poids variait de dix à trente-cinq livres. Leur forme est très étroite, eu égard à leur longueur ; leur chair est ferme, blanche, et ressemble fort à celle du thon ou de l'esturgeon, quoique, à mon goût, elle soit très fade.

Le soir de ce jour mémorable dans mes courses

vagabondes, je vis harponner deux requins par nos matelots : l'un était une femelle qui mesurait sept pieds de long, dans le ventre de laquelle on trouva deux petits tout vivants qui ne demandaient qu'à s'en aller ; cela nous fut prouvé par l'un d'eux, qui, jeté à la mer, plongea et se mit à nager comme s'il n'eût fait que cela depuis nombre d'années. Le second requin était un mâle, qui subit le sort de ses confrères, fut dépecé en rondelles et servit d'appât à tous les pêcheurs de dauphins.

Le jour suivant, le calme durait encore ; et comme nous étions las de la chair de squammée, nous variâmes nos plaisirs en jetant la ligne aux perches marines, qui grouillaient, littéralement parlant, sous notre poupe. Nous les prenions à l'aide d'un petit morceau de lard fixé à un hameçon solidement ficelé autour d'un fil solide. Dans la matinée nous prîmes deux cent trois de ces poissons, et depuis trois heures jusqu'au soir cent vingt et un. Chacun se régala ce jour-là ; car ces perches sont le mets le plus exquis que je connaisse au monde

Dès l'aube, le lendemain matin, nous étions en vue de Key-West, emportés par le courant, sans que le moindre souffle se jouât dans nos voiles. La vigie signala à l'avant une troupe de marsouins[1] qui s'ébattaient sur la plaine liquide.

---

[1] Quelques voyageurs, des auteurs même, ont rangé le marsouin dans la famille des baleines, dont il serait la plus petite espèce, car sa longueur dépasse à peine dix à douze pieds. Sa conformation extérieure n'a cependant que de vagues rapports avec celle de la reine des mers. Sa tête allongée présente plutôt de l'analogie avec le groin d'un cochon. Sa gueule est garnie, en haut et

Je n'avais jamais vu d'aussi près ces cétacés admirables, les monstres de l'Atlantique ; aussi je pris un vrai plaisir à étudier leurs ébats. J'aurais cru qu'ils se roulaient sur eux-mêmes en tournant comme

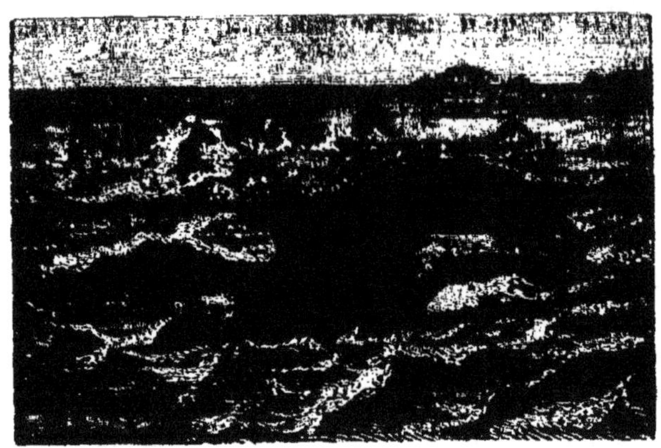

une meule : cette illusion était produite par des ailerons de deux pieds de long, paraissant et disparaissant avec une étrange rapidité. Du reste, au dire

en bas, de petites dents pointues. Il a sur la tête une ouverture par laquelle il rejette de l'eau en soufflant ; ce qui lui vaut encore le sobriquet de *souffleur*, applicable surtout à la variété la plus grande. Parmi tous les cétacés, le marsouin passait chez les anciens pour un mets très délicat. Je ne suis pas de leur avis ; mais les goûts ne sont-ils pas dans la nature ?

Les Saxons appelaient le marsouin *cochon de mer*, et les ecclésiastiques du moyen âge lui avaient conservé ce nom traduit en latin. On acheta des marsouins pour la table de Henri III, en 1426, et l'évêque de Swinfield, qui vivait à la même époque, s'en régalait toutes les fois qu'il en trouvait l'occasion. On servit des marsouins à un somptueux banquet offert à Richard II, à Durham-House, et à l'installation solennelle de l'archevêque Neville, quatre poissons de cette espèce parurent sur la table. En 1491, les baillis d es matelots et des pêcheurs expérimentés, le marsouin est très pacifique ; il ne se nourrit guère que de chevrettes et d'encornets ; mais il fournit un baril d'huile de très bonne qualité, et les pêcheurs baleiniers eux-mêmes ne dédaignent pas de le harponner lorsqu'il vient se jouer sous l'étrave du navire.

Son extrême agilité rend sa capture difficile ; aussi n'est-ce point une mince gloire que de le frapper du premier coup de harpon.

Les marsouins n'ont pas été l'objet de fables homériques comme les requins ; toutefois les superstitions maritimes leur ont fait aussi leur petite part : « ils nagent toujours, disent les matelots, dans la direction d'où vient le vent et naviguent à sa rencontre ; ils présagent le mauvais temps et passent pour être aveugles pendant un mois de chaque année. »

de Yarmouth firent présent à lord Oxford d'un beau marsouin, qu'ils accompagnèrent d'une adresse dans laquelle ils disaient qu'ils lui envoyaient ce présent parce qu'ils pensaient que rien ne pouvait être plus agréable à Sa Seigneurie.

Au mariage de Henri V, on servit au repas des marsouins *rôtis*, que l'on considérait encore comme un mets de haut goût. Au festin du couronnement de Henri VII parurent également des marsouins. On en servit de rôtis, de bouillis, en pâtés et enfin en *délicieux puddings*. On a conservé les recettes des sauces et coulis de marsouins, et des poètes du xv⁰ siècle les ont chantés. La chair du marsouin fut en *grande faveur jusqu'au* xvi⁰ siècle. Il en fut servi sur la table de Henri VIII, et Wolsey, Somerset et d'autres seigneurs de la « Chambre étoilée », dinant en partie fine, y savourèrent un de ces cétacés qui avait coûté *huit schellings*.

La reine Élisabeth elle-même, qui avait le goût très raffiné, aimait le marsouin. On en vendit sur le marché de Newcastle jusqu'en 1575, époque où il cessa d'être recherché.

C'était donc un bon augure pour la continuation de notre voyage, et pour cette seule raison nous eussions dû les épargner. Mais tout chasseur, comme tout pêcheur, est insatiable, et nous ne songeâmes qu'à nous emparer d'un de ces poissons géants. Pendant cette journée, ils s'étaient tenus à distance; mais après souper la lune s'était levée et brillait dans tout son éclat, ce qui nous permit d'apercevoir trois énormes marsouins à dix mètres au plus du navire. Le coq du *San-Christoval*, très habile harponneur, se hâta de prendre un trident disposé à cet effet, et, choisissant bien son temps, il piqua le cétacé au milieu des deux épaules, entre la tête et le corps, de telle façon qu'il lui fût impossible de se détacher. Après bien des manœuvres, on le hissa sur le pont, où il poussa un profond gémissement, agita la queue et les nageoires à plusieurs reprises, et rendit bientôt le dernier souffle. On le laissa là jusqu'au lendemain matin, et, après le premier déjeuner, maître Daniel nous appela pour faire sous nos yeux l'autopsie de l'animal. Les intestins étaient encore chauds, et disposés de la même manière que ceux d'un petit cochon. Dans l'estomac on trouva plusieurs sèches à moitié digérées. La mâchoire inférieure dépassait la supérieure d'environ vingt centimètres, et chacune était garnie d'une simple rangée de dents coniques d'un demi-pouce de long, disposées de telle façon qu'elles jouaient les unes dans les autres. Le poisson pesait quatre cents livres.

Ce fut là une occasion très favorable d'examiner à

souhait un des plus curieux spécimens des monstres
de l'Atlantique. D'ailleurs j'en voyais un pour la
première fois, et je ne me lassais pas d'admirer ce
phénomène de la création.

La seconde pêche de marsouins à laquelle j'assistai fut à Sandy-Hook, près de New-York, en compagnie de quelques sportsmen de mes amis. Nous
étions venus là pour pêcher des *clams*, — espèce
de clovis qui ressemblent fort aux *praires* de Toulon, — et nous baigner. C'était une partie projetée
depuis longtemps.

Tandis que nous étions assis sous un « ajoupa »
nègre, autour d'un déjeuner homérique, un des
moricauds qui nous servaient nous avertit qu'on
apercevait une troupe de marsouins à une portée de
fusil du rivage. Rien n'était plus vrai. En un clin
d'œil notre plan de bataille fut décidé. Nous étions
vingt-trois personnes, et nous avions dix canots à
notre disposition. Nous nous divisâmes en deux
corps d'armée, et, longeant la plage, nous nous
dirigeâmes, les uns à droite, les autres à gauche, de
façon à ne pas effrayer les marsouins et à les prendre
par derrière dans un demi-cercle. L'un des deux
pêcheurs embusqués à bord de chaque canot ramait;
l'autre se tenait debout, une gaffe dans les mains.
Bientôt les deux lignes se rapprochèrent de façon à
empêcher les cétacés de retourner vers la haute
mer. Plus nous avancions, plus les marsouins se
voyaient acculés vers la terre, et, à l'aide de nos
gaffes, nous battions l'eau de façon à faire le plus
de bruit possible. Bientôt on aperçut le fond de la

mer : les marsouins sautaient comme des chèvres, et cherchaient à rebrousser chemin ; mais nous les frappions sans pitié. Les uns tombaient sans vie, les autres recommençaient la lutte, si bien que sur quatorze cétacés neuf « mordirent la poussière... des vagues »; les autres, plongeant, disparurent à nos yeux.

Un des plus curieux incidents de cette chasse fut celui-ci. Un de nos amis, Dick Moon, qui n'avait pas encore avalé une bouchée au moment où le nègre nous avait annoncé la présence des marsouins, crut pouvoir sans danger se jeter à l'eau. En effet, apercevant un de ces gros poissons à sa portée, il lui sauta sur l'échine, s'empara de ses ailerons, et remorqua sa proie jusqu'au rivage, où gisaient déjà huit victimes amenées à la côte par ses camarades. Ce fut là une pêche miraculeuse dont parlèrent les journaux des États-Unis en citant les noms de ceux qui y avaient pris part, suivant l'usage américain, usage qui serait de fort mauvais goût en France... pour la plupart du temps.

Je reviens avec mes lecteurs à bord du *San-Christoval*, qui marchait à cette heure, après douze jours de calme, poussé par un vent grand largue, ce qui nous fit entrer dans le port de Savannah vingt-quatre heures après.

Tout en faisant route, nous avions pris une scie et un narval, autres monstres de l'Atlantique égarés dans nos eaux par des causes inconnues.

Voici, au sujet de ces deux poissons, ce que m'apprit le capitaine du *San-Christoval*, vieux loup de

mer qui avait fait toutes les pêches du Labrador et
des mers de la Californie, en quête de fanons et
d'huile de baleine.

« La scie, autrement dit l'espadon, dont la longueur totale atteint parfois une vingtaine de pieds,
est l'ennemi le plus féroce et le plus dangereux de
la baleine ; il la poursuit partout avec un acharne-
ment infatigable et la menace de sa longue épée
dentelée, arme terrible placée en avant au bout an-
térieur de sa tête. »

La scie approche quelquefois des navires, témoin
l'exemple suivant et le nôtre, puisque nous avions
capturé un de ces squales géants.

Le capitaine me raconta que, pendant un de ses
voyages, une pirogue baleinière ayant rencontré un
espadon immobile et probablement endormi à la
surface de la mer, le harponneur lui lança vigou-
reusement son fer dans le milieu du dos. Heureuse-

ment l'embarcation s'écarta aussitôt; car l'animal se débattit avec une violence qui eût pu compromettre la pirogue et peut-être une partie des hommes qui la montaient. Après quelques convulsions, il entraîna le canot avec une vitesse extraordinaire. Le chef de la pirogue ne savait d'abord quel moyen employer pour en finir avec l'espadon. C'était la première fois, et probablement aussi la dernière, qu'il chassait une scie. Il se détermina cependant, non sans hésitation, à faire haler sur la ligne afin de se rapprocher du redoutable squale; mais à peine en fut-on à huit ou dix brasses, que l'animal se débattit encore pour couler bientôt après. On parvint alors à le ramener à flot au moyen du harpon et de la ligne qui y était fixée, et, le trouvant mort, on le remorqua.

« Cette scie, me disait le capitaine du *San-Christoval,* n'avait que huit pieds de long; sa peau était d'une grande finesse et d'une couleur grisâtre. La chair ressemblait beaucoup à celle de la bonite ou du thon, et les yeux étaient grands et fort beaux.

« Généralement, ajouta-t-il, on ne prend les scies qu'à la suite d'un de ces combats prodigieux qu'elles livrent aux baleines, spectacle auquel on assiste rarement, mais qui frappe l'imagination des navigateurs les plus blasés sur les grandes scènes de la mer lorsqu'ils le contemplent.

« Les espadons voyagent par bandes comme les baleines elles-mêmes, et les attaques sont parfois de véritables batailles sous-marines

« Lorsque les deux troupes se rencontrent, dès

que les espadons ont trahi leur présence par quelques bonds en l'air, les baleines se réunissent et
serrent les rangs. Les scies, de leur côté, se forment
en ligne, engagent l'action et font,

> Suivant leur amiral
> De cent combats divers un combat général.

« L'espadon cherche toujours à prendre la baleine
en flanc : soit que son instinct cruel lui ait révélé le
défaut de la cuirasse, car il existe, près des nageoires
brachiales du cétacé, une partie où les blessures
sont mortelles ; soit parce que le flanc offre une plus
grande surface à ses coups.

« La scie recule pour mieux prendre son élan. Si
son mouvement échappe à l'œil fin de la baleine,
celle-ci est perdue : elle reçoit le coup de son
ennemi, et meurt presque aussitôt. Mais si la baleine
aperçoit le squale au moment où il se précipite sur
elle, par un bond spontané elle s'élève hors de l'eau
de toute la longueur de son corps, et retombe toujours sur le flanc avec une détonation qui retentit
à plusieurs lieues et blanchit la mer d'une écume
bouillonnante.

« Le gigantesque cétacé n'a que sa queue pour
défense ; il tâche d'en frapper son dangereux ennemi,
et s'en débarrasse d'un seul coup s'il parvient à
l'atteindre. Mais si l'agile espadon évite la fatale
queue, le combat devient plus terrible. L'agresseur
sort de l'eau à son tour, retombe sur la baleine et
s'efforce non de la percer, mais de la scier avec les
dents dont sa défense est pourvue. On voit la mer

se teindre de sang ; la fureur du cétacé n'a plus de bornes. L'espadon le harcèle, le frappe de tous côtés, le tue et court bientôt à d'autres victoires.

« Souvent aussi l'espadon n'a pas le temps d'évi-

ter la chute de la baleine ; il se borne à présenter sa scie aiguë au flanc de l'animal gigantesque qui va l'écraser ; il meurt alors comme Machabée, étouffé sous le p oids de l'éléphant des mers.

« Enfin la baleine bondit encore quelquefois,

2

entraînant dans l'air son assassin, et périt en faisant périr le monstre dont elle est la victime.

« Et maintenant, mon cher monsieur, ajoutait le capitaine du *San-Christoval*, représentez-vous sur une mer écumante, rougie par le sang des vainqueurs et des vaincus, deux troupes de ces animaux acharnés à s'entre-tuer, et vous comprendrez ce tumulte indescriptible, cette agitation, ces *soufflements* furieux, ces chocs terribles, ces mugissements sauvages, ces bonds désordonnés, ces assauts rapides, cette arène liquide qui frémit et gronde, cette tempête produite par une lutte véritablement effroyable; voyez ensuite la lice ensanglantée, houleuse encore, et roulant d'immenses cadavres immobiles; vous serez alors saisi d'une profonde horreur. »

Voilà ce que me racontait le marin américain, et je me disais que les combats héroïques des espadons contre les baleines pourraient assurément fournir la matière d'un poëme étrange, où le grandiose le disputerait au bizarre. La mare de sang chargée de corps monstrueux privés de vie, immolés les uns sur les autres, serait un tableau digne d'inspirer un rival du chantre de la *Batrachomyomachie*. Si le divin Homère n'a pas craint de célébrer les guerres des rats et des grenouilles, pourquoi un de ses fils en Apollon n'aborderait-il pas le récit des exploits de l'espadon et de la résistance formidable du géant des eaux ?

Ces épisodes de pêche, ou plutôt de batailles maritimes, me remplissaient d'étonnement, et je les aurais volontiers relégués parmi les fables, si je n'eusse souvent vu à Paris, au muséum d'histoire naturelle, des défenses de scies authentiquement retirées des ventres de baleines. Des pêcheurs arrêtés sur le champ de carnage avaient recueilli les dépouilles sans courir de dangers, et les héros des deux camps avaient bouilli dans la même marmite, confondant leurs huiles dans le même récipient.

Je ne fatiguerai pas mes lecteurs en leur donnant ici la série de noms décernés par les classificateurs à l'espadon, autrement dit la scie, et les distinctions établies entre les variétés diverses de ces squales, au nombre desquels on a rangé le narval, un des plus dangereux ennemis de la baleine.

Par un triste privilège, le gigantesque cétacé, tout inoffensif qu'il est, se trouve en butte aux attaques d'une myriade de persécuteurs de toutes tailles : le ver testacé le ronge ; le dauphin gladiateur a l'audace de venir lui dévorer la langue ; l'espadon le scie et le perfore ; l'homme le harponne ; le requin s'acharne sur son cadavre, et dispute ses restes aux albatros, aux damiers et à tous les autres gros oiseaux maritimes.

Les licornes, dit-on, se forment en pelotons serrés pour attaquer la baleine, et la tuent, pour ainsi dire, à la baïonnette. Il faudrait le voir pour le croire !

Le narval que nous avions pris avait, comme la scie, la tête armée extérieurement d'une défense en spirale, longue de sept pieds et plus ; cette défense sortait de la gueule, se dirigeait en avant et imitait l'ivoire ; ce qui tend à prouver que ce n'est pas une corne, malgré le nom de l'animal, mais bien une véritable dent. Toutefois on a trouvé d'autres poissons à peu près du même genre, et confondus sous la même dénomination, qui méritaient complètement d'être traités de licornes, puisque leurs défenses sortaient du milieu du front.

On concevra que la question soit fort litigieuse, attendu que le narval ne se laisse prendre ni à l'hameçon ni d'aucune autre manière. On ne peut guère le harponner. Il évite les navires dès qu'il a reconnu que ce ne sont pas de gros poissons. Mais, s'il se trompe, s'il prend la carène d'un bâtiment pour le dos d'un cétacé, il se livre lui-même ou laisse au moins sa corne offensive comme gage de son aveugle témérité.

Ce squale, qui a d'ordinaire jusqu'à trente et quarante pieds de longueur, s'élance, en ce cas, sur le navire avec une vitesse et une force prodigieuses, perce le bordage, et occasionnerait une voie d'eau des plus graves si sa corne ne bouchait toujours le trou qu'elle a fait.

Lorsque le narval frappe par le travers ou par l'avant, pour peu que le sillage soit rapide, la défense casse près du bord, et l'animal s'enfuit. Mais, quand l'attaque du squale a eu lieu par l'arrière, comme son corps se trouve dans le sens de la longueur du bâtiment, on le remorque nécessairement jusqu'à ce qu'il tombe en décomposition. Si cependant la blessure a été faite à fleur d'eau, on scie la corne, afin de n'avoir plus à traîner un fardeau qui entrave singulièrement la marche du

navire. Enfin, si l'on n'a pu s'en débarrasser à la
mer, on a soin, au premier point de relâche, de
s'échouer, afin d'en venir à bout.

Notre cas, à nous, n'était point semblable. Le
narval que nous avions pris était venu tout bêtement
planter sa corne dans les flancs du navire, et n'avait
pu la retirer. On l'avait assommé à coups de gaffe ;
puis, profitant du calme, on était parvenu à retirer
l'os et le poisson intacts : de telle façon qu'en arrivant à New-York la peau de ce squale gigantesque
put être naturalisée, et que M. Barnum, qui floris-
sait à cette époque dans son « muséum », situé à
l'angle de Park-Place, put l'exposer à la curiosité
publique. Il mesurait vingt-six pieds de longueur,
de la queue à l'extrémité de la corne.

II

LE LAC DES SAUMONS

C'est un chemin bien rebattu, j'en conviens, que celui que nous allons prendre. Grâce aux bateaux à vapeur, l'Hudson est devenu une véritable grande route, et il n'est point d'homme ayant tant soit peu voyagé dans le nord des États-Unis qui ne l'ait parcourue. Dieu seul peut savoir combien de pages et de croquis ont été « commis » à l'endroit de ses bords. Mais où chercher sous le soleil, par ce temps de locomotion et de fureur descriptive, un coin que n'aient point exploré les écrivains d'impressions de voyage et les lithographes de pacotille, voire même les peintres de ces panoramas gigantesques dont le mérite se mesure au pied carré ?

Cependant, malgré tout ce que mes lecteurs ont pu lire ou voir, le peintre aussi bien que le poëte des rives de l'Hudson est encore à trouver, ou plutôt on ne rencontrera jamais une plume ou un crayon assez puissant pour reproduire les splendeurs déroulées par la main de Dieu sur les rives de ce fleuve privilégié.

Lorsqu'on s'embarque sur l'Hudson par une belle matinée de printemps, la baie de New-York forme une éclatante introduction au poëme sublime de la nature, dont les pages vont passer devant les yeux du voyageur. A droite, cette masse pittoresque et confuse que présente de loin aux regards une grande cité, apparaît à travers le rideau des mâtures sans nombre qui bordent les quais ; à gauche, les Champs-Élysées d'Hoboken se détachent sur le fond plus sombre des premières collines de New-Jersey ; en arrière, dans un demi-lointain, la Battery, les côtes de Long-Island, les Narrows, et une vaste plaine azurée couverte de voiles à peine arrondies par la première brise. Tout cela, baignant dans l'atmosphère calme et bleuâtre du matin, forme un spectacle d'une incomparable grandeur.

Bientôt la rive droite du fleuve s'avance, et l'on entre dans le cours de l'Hudson proprement dit. D'un côté se dresse cette muraille de roches taillées à pic que l'on désigne sous le nom de Palissades ; de l'autre, à la Cité Impériale qui fuit succède une ligne continue de villas et de cottages. Jamais con-

traste ne fut plus tranché : ici la nature dans sa
simplicité sauvage; là les productions mignonnes,
mais en comparaison mesquines, de notre civilisation.

Mais le bateau à vapeur qui nous emporte fran-
chit vingt milles en une heure, et atteint l'extrémité
des Palissades. Le fleuve s'élargit; la campagne cul-
tivée succède aux jardins; les villages, groupés de
distance en distance sur la rive, remplacent les maisons de plaisance qui la bordaient tout à l'heure.
Encore quelques tours de roue, et l'on aperçoit les
premières ondulations du terrain qui annoncent les
Highlands.

A partir de ce moment commence, pour se pro-
longer sur une étendue de cinquante milles environ, un panorama dans lequel la nature semble avoir
épuisé tout ce qu'elle avait de magnificence et de
variété. La rivière traverse, dans le sens de sa longueur, un chaîne de montagnes dont les mamelons
s'élèvent, par des accidents sans nombre, depuis le
simple coteau jusqu'à des pics de huit cents pieds
et même de quinze cents pieds de haut. L'œil em-
brasse ainsi, jusque dans leurs moindres caprices,
le profil de tous ces sommets. .

Ici les collines courent le long du bord, comme
un vaste encadrement de verdure; là elles s'abais-
sent pour laisser, entre deux mamelons, une échap-
pée de vue et un vallon en miniature où s'éparpil-
lent les maisons blanches de quelque hameau né
d'hier. Tantôt les roches escarpées encaissent la rivière à pic; tantôt la chaîne semble fuir à l'horizon,

et forme un vaste amphithéâtre dont la pente presque insensible vient mourir dans le lit même du fleuve. Plus loin se dresse un gigantesque piton isolé, pyramide boisée dont le regard aperçoit à peine la cime.

Au milieu de la gorge creusée à travers ces ondulations du sol, l'Hudson décrit mille détours qui ajoutent encore à la variété des aspects. Parfois il court droit devant lui, ouvrant une perspective de cinq à six milles; ailleurs il dévie par une courbe gracieuse; plus loin il forme, au contraire, un coude inattendu. Ce dernier mouvement, assez rare en général dans les grands cours d'eau, se répète ici avec une singulière fréquence et produit les effets les plus pittoresques. Dans certains endroits, à Caldwell, par exemple, un promontoire semble littéralement barrer le passage; ce n'est qu'au moment précis où on le double que la rivière révèle sa course et ouvre tout à coup un nouvel horizon.

A peine est-on sorti des Highlands, que vers l'ouest se dessine la ligne bleue d'une chaîne nouvelle, plus imposante encore que celle qu'on vient de quitter. Cette fois ce sont les montagnes de Catskill, dont le sommet atteint une hauteur de quatre mille pieds. Malheureusement pour les curieux, elles restent toujours à l'arrière-plan, et ne se rapprochent un instant de la rivière que pour se perdre de nouveau dans les vapeurs de l'horizon.

Il faudrait un volume pour donner une idée, encore incomplète, du tableau que j'essaye témérairement de vous esquisser. Comment retracer les mille détails qui viennent apporter à chaque instant un nouveau sujet de surprise et d'admiration? Comment peindre le ruisseau qui coule capricieusement, cascade microscopique, sur le flanc du rocher, ou descend comme un filet d'argent entre deux marges de mousse épaisse? Comment décrire les baies sans nombre formées par le fleuve et ses doubles rives aux endroits où il reçoit ses affluents, et les îles jetées au milieu de son cours? Comment enfin énumérer, sans tomber dans la glaciale monotonie d'un itinéraire, ces villes, ces bourgs, ces maisons qui surgissent, presque à chaque tour de roue, sur l'un et l'autre bord, tantôt assis sur la plage, tantôt perchés au sommet de la montagne, le plus souvent étagés sur les flancs de la colline?

Encore une fois, c'est un de ces spectacles magnifiques qu'il y aurait folie de vouloir décrire; véritable kaléidoscope de la nature, qui, outre la variété du paysage, revêt une teinte nouvelle à chaque heure du jour ou du soir, à chaque pas du soleil qui monte à l'horizon, à chaque dégradation de la lumière qui se perd dans la nuit.

Lorsque les montagnes de Catskill se sont abaissées à l'horizon, le pays revêt une physionomie nouvelle. Les collines diminuent de hauteur, et à peine rencontre-t-on çà et là quelques sommets plus élevés, arrière-garde vagabonde des Highlands. En même temps les bois disparaissent pour faire place aux champs en pleine culture : la ferme et l'usine détrônent sans retour le cottage de plaisance et l'hôtel fashionable. On entre enfin, à pleine vapeur,

dans le pays agricole, dont les paisibles et riantes
aspects accompagnent le voyageur jusqu'à Albany.
Il a quitté New-York alors que le soleil montait à
peine à l'horizon; il arrive à sa destination au moment où le jour s'incline vers l'occident. Il a ainsi
vu, sur son passage, les rives éclairées tour à tour
par l'atmosphère limpide du matin, par les teintes
chaudes et vives du midi, par les lueurs affaiblies du
soir. Fatigué d'admiration, il entre dans le port à
l'heure du repos, et involontairement cette idée se
présente à son esprit, que sa course offre la frap-
pante image de la vie humaine. Celle-ci est-elle, en
effet, autre chose qu'une journée de route dont
les principaux accidents et les émotions les plus
vives prennent place au milieu du voyage?

J'avais fait, certain jour, le voyage que je viens
de décrire en quelques pages, et, assis sur la piazza
de l'hôtel, je songeais à mon retour à New-York,
car j'avais terminé mes affaires, lorsque je vis arriver deux nègres portant dans un panier à deux anses
un saumon gigantesque qui pesait à vue d'œil environ cinquante kilos.

« Tudieu! quel monstre! m'écriai-je. Onques de
ma vie je n'ai vu de saumon aussi énorme!

— Oh! mais les Français n'ont pas encore tout
vu, » répliqua, en forme de réponse, un quidam
assez drôlement équipé, assis ou plutôt couché dans
un « rocking-chair », et faisant des copeaux à l'aide
d'un morceau de bois et d'un grand couteau-poi-
gnard.

J'allais relever cette impertinence, lorsque, en

jetant les yeux sur mon interlocuteur, je reconnus un de mes anciens camarades de « trappe », Horace Mead, de Philadelphie, dont j'ai déjà parlé au chapitre de la chasse aux bisons publiée dans mon volume de *Chasses dans l'Amérique du Nord*.

« Je ne me trompe pas, mon vieil ami, m'écriai-je, c'est bien vous?

— Eh! mon Dieu, oui. Je ne vous reconnaissais pas : c'est seulement au moment où vous avez parlé que le son de votre voix a réveillé mes souvenirs, » fit Mead en me serrant les deux mains à l'américaine, de façon à les arracher à mes poignets. « Et que faites-vous donc à Albany? ajouta-t-il.

— J'y suis venu pour assister à l'ouverture de la législature. J'ai fait mon travail de *reporter*, et me voici en vacances pour huit jours.

— Ah! tant mieux! dans ce cas je ne vous quitte pas, et je vous emmène ce soir à mon cottage des Highlands, à mon *shooting-box*.

— Ce n'est pas de refus; j'accepte, nous causerons de nos courses aux prairies et nous chasserons ensemble, si cela vous convient.

— Tout cela se fera; mais dans cette saison, si vous le voulez bien, nous pêcherons plutôt que nous ne chasserons.

— Soit! j'y consens, et je me fie à vous pour organiser à mon endroit un sport impérial.

— Laissez-moi faire, vous serez content. Un mot encore : avez-vous fini vos affaires? Êtes-vous libre de partir cet après-midi, de façon à être débarqué vers deux heures à mon *landing* de Stony-Point?

— Je me tiens à vos ordres, et ne vous demande que le temps de payer ma note d'hôtel et de boucler ma valise.

— *All right!* Nous partons à cinq heures, et sur ce, mon cher Bénédict, vaquez à vos affaires; moi, je vais songer aux miennes. Le rendez-vous est dans le bureau de l'hôtel. C'est convenu. »

Mead me quitta, après avoir replacé son couteau fermé dans sa poche, et je ne le revis plus qu'à l'heure désignée. Il se tenait près du *bar-room*, vêtu d'une peau de bique. Son chapeau de guerrillero sur le coin de l'oreille, debout, un verre à la main, humant un sherry-cobbler auquel tenait compagnie un autre verre rempli de la même boisson hygiénique, préparé d'avance à mon intention.

« Très-bien, s'écria-t-il en m'apercevant, fidèle au rendez-vous. J'aime cela ! Allons, avalez ce nectar, et en route. »

Ce qui fut dit fut fait ; nous montâmes un instant après dans l'omnibus de l'hôtel, qui nous conduisit au steamboat à bord duquel nous devions descendre l'Hudson jusqu'à Stony-Point.

Le chemin que j'ai décrit en remontant le fleuve géant des États-Unis, nous le suivîmes de nouveau en le descendant; et, à deux heures du matin, l'avertisseur de la maison flottante sonnait la cloche, en criant à haute et intelligible voix sur le pont et dans toutes les chambres de l'entrepont du steamboat : *Passengers for Stony-Point, on the deck!*

La nuit était noire; mais, grâce aux lanternes du bateau à vapeur et aux torches allumées par le *fer-*

ryman de Stony-Point, nous mîmes pied à terre sans qu'il nous arrivât malheur.

« Maintenant, mon cher camarade, me dit mon ami Mead, je vais vous conduire à Eagle-Tavern, où nous nous coucherons jusqu'au lever de l'aurore. Les chemins que nous devons suivre pour arriver à ma cabane de chasse et de pêche ne sont pas assez beaux pour que nous nous y aventurions la nuit. Venez, suivez-moi. »

Et il me conduisit, en effet, jusqu'à la porte d'une taverne très confortable où on logeait à pied et à cheval, et dont l'hôte se montra très gracieux pour les deux voyageurs. Je dois dire que Mead comptait parmi ses commensaux les plus assidus.

Les draps de mon lit étaient fort blancs, les matelas très doux ; aussi je m'abandonnai promptement aux sensations délicieuses d'un sommeil exempt de tout reproche de conscience, heureux de vivre et de me sentir vivre. A cinq heures du matin, mon camarade fut obligé de me secouer vivement pour m'arracher à cette béatitude.

« Debout, paresseux ! allons ! Je vous donne dix minutes, et en route. »

J'ai pour habitude en voyage de ne point écouter ma paresse, et je répondis à l'appel de Mead en sautant à bas du lit, en me débarbouillant vivement le visage, et en me lavant les mains à la hâte. Cinq minutes après j'étais devant la porte de « Eagle-Tavern », et je prenais place à côté de mon ami sur les coussins d'un wagon auquel était attelé un excellent cheval de montagne, parfait trotteur à l'occasion, mais d'un pied aussi sûr qu'un mulet des Alpes ou des Pyrénées.

C'était du reste fort nécessaire ; car à peine eûmes-nous le dos tourné à Stony-Point qu'il nous fallut gravir une montagne ardue, le long de laquelle serpentait un chemin en assez mauvais état, cahotant et cahotés. Derrière cette montée nous en trouvâmes une autre, puis une plaine, puis un autre escarpement, et ainsi de suite pendant deux heures, le tout au milieu de bois de pins, de mélèzes et de genévriers, parmi lesquels poussaient çà et là des érables rouges au feuillage déprimé.

Mead, qui m'avait raconté ses exploits de chasse et de pêche pendant toute la route, me dit enfin, au détour d'une large crevasse ouverte dans une roche afin de laisser un passage à la route :

« Nous voici bientôt arrivés, mon très cher ; ma cabane de chasse est là, derrière ce mamelon. »

A peine avait-il prononcé ces paroles, que notre véhicule « tourna la difficulté », traversa un pont de bois jeté sur un ravin, et nous nous trouvâmes en face d'une barrière élevée qui séparait le chemin d'un bosquet touffu planté d'arbres de toutes les essences.

La barrière était ouverte, car on attendait le maître de Woodcock-house, et nous parcourûmes en quelques minutes un chemin bien entretenu, bordé d'un côté par une colline couverte de genévriers, de châtaigniers et de massifs de rhododendrons, de kalmias et d'azalées, croissant dans toutes les fissures des roches d'une façon vraiment luxuriante. Tout à coup le bruit d'une cascade se fit entendre, et nous passâmes encore sur un pont fait de troncs d'arbres bruts jetés sur un courant d'eau fort rapide et d'une limpidité sans pareille.

De l'autre côté du pont s'étendait une verdoyante pelouse, à l'extrémité de laquelle j'aperçus un élégant cottage construit en planches et recouvert de belles ardoises. Le long des murs de cette demeure, des lierres et des lianes grimpaient en compagnie d'un fouillis de clématites vivaces, de cobæas aux grappes rouges et de rosiers aux fleurs odorantes. La maison entière, à l'exception des fenêtres, disparaissait sous cet amas de verdure.

« Eh bien! mon cher ami, que dites-vous de ceci? Mon habitation des champs, la seule que je possède, — *hoc erat in votis*, — est-elle de votre goût?

— Je serais bien difficile si je pensais autrement.

— Bon! nous y voilà. Halloa! Hé! là-bas, Mary! »

A cet appel, une bonne vieille femme se présenta sur le seuil de la maison, suivie d'un nègre, qui se plaça à la tête du cheval pour le retenir et nous permettre de descendre du wagon.

« Mary! je t'amène un de mes vieux amis que je recommande à tes soins, fit Mead à sa domestique. Mon cher camarade, je vous présente mon personnel : ma femme de charge, dont l'âge empêche les médisants de parler à mon endroit, et Tingo, mon fidèle Yolof, aussi intelligent qu'il est noir. »

Sur ces paroles, laissant à ses gens le soin de

notre bagage, Mead m'introduisit dans le parloir de son logis, petite bonhonnière de seize mètres carrés, au milieu de laquelle était placée une table devant une vaste cheminée, style Tudor. Sur une des parois, vis-à-vis du foyer, un bahut de chêne supportait des plats d'étain, des verres, des assiettes et deux pots à fleurs remplis de magnoliers, de verveines et de lis d'eau. Trois gravures représentant des sujets de chasse, modestement encadrées, étaient appendues contre les murs, et, au-dessus du manteau de la cheminée, deux bois de cerfs retournés [1] soutenaient quatre armes à feu fort bien entretenues. Dans un des angles de ce salon, qui servait également de salle à manger, des lignes de toutes sortes étaient placées avec ordre, en compagnie d'un grand filet de pêche, bien sec et aux mailles intactes.

Je passerai sous silence le repas exquis que nous servit la vieille Mary, repas composé de poisson délicieux, saumon, truites, bécasses rôties, etc. etc.; le tout accompagné d'un plum-pudding sans pareil, et arrosé d'un bordeaux que n'eût pas désavoué le Café anglais.

Le soir à la veillée, Mead me prévint que le lendemain matin nous allions commencer nos excursions de pêche.

« Je vous conduirai au lac des saumons, ajouta-t-il, et, Dieu me damne! je suis certain que vous

---

[1] Les bois des cerfs de l'Amérique du Nord ont les andouillers tournés en bas. On ne peut donc s'en servir qu'en plaçant la tête sens dessus dessous.

vous souviendrez jusqu'à la fin de vos jours de la partie de pêche que je vous ferai faire. Je dois vous prévenir, mon cher ami, que tel que vous me voyez je suis marchand de poissons, et c'est moi qui fournis les marchés de New-York et d'Albany, voire même de Boston. Ma pêcherie est une des plus considérables et des plus productives des États-Unis. Bon an, mal an, j'encaisse une somme ronde de 5 000 dollars. Vous voyez que j'ai bien fait d'acheter le Woodcock-house. La maison était bien délabrée quand je me suis présenté comme acquéreur; mais j'ai bon nez, et j'ai compris tout le parti qu'on pourrait tirer de l'emplacement et surtout de la pisciculture pratiquée sur une grande échelle.

Mead m'expliqua alors en détail quel était son commerce. Il cultivait le saumon et la truite saumonée, comme d'autres élèvent des chevaux, voire même des lapins. Grâce aux traités passés avec les grands hôtels des principales villes de l'État de New-York et les grands marchands de poissons des différents marchés du comté, il avait fort à faire pour livrer sa marchandise. Le lacs, les étangs et les rivières qui y aboutissent étaient mis en coupe réglée, comme l'est une forêt dans un vaste domaine. Du reste il n'avait pas de voisins, et sa propriété, au milieu des montagnes Catskill, pouvait à juste titre passer pour une des premières du pays.

Il lui fallait le lendemain fournir un certain nombre de saumons à New-York, et, pour arriver au chiffre demandé, Mead devait mettre à contribution les grands moyens de son exploitation. Depuis cinq jours les hommes à ses gages « entrappaient » le poisson et l'amenaient dans les angles du lac où l'on devait faire le choix.

Le chef des pêcheurs, qui vint le soir au « rapport », déclara qu'il y avait chance de réussite, et que la gent écaillée grouillait d'une façon désespérante dans le grand lac de Mount-top.

C'était là, en effet, que devait avoir lieu la pêche à laquelle Mead m'avait convié. Le lendemain matin, lorsque nous parvînmes en cet endroit, le soleil se levait radieux derrière une montagne chevelue, couverte de pins, de mélèzes, de thuyas et d'érables. J'ai vu de nombreux levers de soleil dans ma vie, mais onques Phébus ne m'avait paru plus brillant que ce jour-là. J'admirais et je me taisais.

Devant nous s'étendait un lac magnifique, dont la surface était d'une lieue carrée, lac alimenté par de nombreux courants d'eau descendant les pics des Catskill, et dont le trop-plein se dégorgeait dans un large canal aboutissant, par les vallées, jusqu'au fleuve Hudson. Il paraît que c'est par ce chemin liquide que les saumons remontaient jusqu'au « lac du Cèdre » (*Cedar-Lake*); et que, trouvant là une nourriture abondante, ils avaient pullulé d'une façon miraculeuse, parvenant dans ces eaux limpides à des grosseurs fantastiques.

Mead en avait pris, sur ces domaines, qui pesaient jusqu'à vingt-cinq kilos.

« Allons, mes *boys,* s'écria-t-il en arrivant à la pêcherie, où ses hommes à gages l'attendaient, il s'agit de faire bonne pêche ce matin. J'ai une belle commande pour New-York et pour Philadelphie. Il me faut au moins soixante pièces d'ici à ce soir. Tout est-il prêt?

— Oui, maître, répondit le chef des pêcheurs, et lorsque vous voudrez nous commencerons.

— A l'instant, en barque, fit alors Mead, et pas de fausse manœuvre; ne perdons pas de temps. »

Dans une grande chaloupe était étendu un immense filet de sparterie, garni de plomb et de liége, que l'on transporta sur un point de la côte distant d'une portée de fusil, où nous attendaient quatre hommes. On leur jeta la corde, fixée à l'une des extrémités, et, s'éloignant aussitôt du rivage, le chef des pêcheurs « affala » le *net* dans l'eau, en recommandant à ses hommes de faire le moins de bruit possible en ramant.

Dès qu'on eut formé un demi-cercle, on aborda, à trois portées de fusil, sur un autre point du même rivage, où quatre autres pêcheurs reçurent la seconde corde du filet. Puis la barque revint se placer au milieu de cette seine géante, et, sur un signe de Mead, les huit hommes de la plage commencèrent à tirer, tandis que notre embarcation poussait et aidait le filet deci delà, en battant l'eau à grands coups de de gaffes.

Bientôt les pêcheurs de la rive crièrent que tout allait bien, qu'ils sentaient de la résistance, et que, selon toute probabilité, la première pêche allait être fructueuse. Le filet était parvenu à quatre mètres du rivage, et déjà, sur le sable qui venait mourir sur le bord, nous apercevions des mouvements rapides trahissant la présence des poissons. Quelques minutes après, quelle ne fut pas ma joie en voyant pris dans les mailles quatorze saumons de toutes tailles, dont le poids variait de dix à vingt kilos, quarante-cinq truites saumonées, des perches, des carpes, des anguilles même, tout cela grouillant pêle-mêle sur le rivage !

On fit un tri, rejetant à l'eau tout ce qui n'était pas vendable ; puis on enfouit chaque espèce de poissons dans des mannes garnies d'algues fraîches, et la prise fut transportée à la pêcherie. Les hommes placèrent tous ces paniers, remplis de poissons et prêts à partir pour leur destination, dans une cave fraîche creusée sous le roc, derrière le hangar et la maison.

La même opération que je viens de décrire fut renouvelée à quatre différentes reprises dans le courant de la journée, et quand vint la nuit, mon ami, au lieu de soixante saumons, on avait soixante-sept à sa disposition.

Un chariot, attelé de trois forts chevaux, descendait pendant la nuit à Stony-Point, et déposa à bord du steamboat, qui se rendait à New-York, les paniers que Mead adressait à ses divers correspondants.

Le soir, tandis que le véhicule de mon ami se rendait au débarcadère, nous soupions gaiement dans cette charmante salle à manger du *shooting-box* que j'ai déjà décrite.

Mead me promit pour le lendemain une chasse aux

JAN DARGEN

bécasses, très nombreuses dans les bois, puis une pêche aux saumons, aux flambeaux et au harpon.

En deux mots, pour ce qui regarde la chasse, je dirai que lorsque vint la nuit nous avions dans nos sacs, mon ami et moi, vingt-neuf *scolopax minor*, toutes tuées au fusil, à l'arrêt de deux bons pointers, *Frost* et *Mera*, un chien et une chienne, qui m'avaient pris en affection dès mon arrivée à Woodcock-house.

Dès que le crépuscule commença à envelopper les Catskill de ses ombres, nous partîmes du cottage, Mead et moi, pour nous rendre au lac, où l'on nous attendait. Les embarcations étaient prêtes, les torches préparées; aussi, dès qu'il fit nuit noire, le chef de la pêcherie demanda au maître s'il voulait procéder au travail.

« Certainement, répondit Mead, et surtout pas de maladresse. Vous savez que je n'aime pas qu'on abîme ma marchandise. Ne visez et ne lancez le harpon qu'à coup sûr. »

Ce qui fut dit fut fait : le harponneur ne manqua pas un seul des poissons sur lesquels il lança son arme terrible, sorte d'engin formé de trois branches de fer armées de dards triangulaires et barbelés, et recourbés comme qui dirait un fer à cheval au milieu duquel se trouverait une pointe. A l'extrémité de la hampe était fixée une corde de cent mètres, enroulée sur l'avant de la barre et solidement amarrée par l'autre bout à un anneau de fer rivé sur le bordage.

Lorsque nous fûmes parvenus au milieu du lac,

le chef des pêcheurs fit allumer une torche, et tout d'un coup les lueurs de cet incendie subaquatique se projetèrent au-dessus de la surface liquide, de façon à laisser voir clairement à dix mètres en avant du bateau. Un moment après, Mead me montra du doigt un point noir qui se tenait immobile à une toute petite distance de notre embarcation.

« C'est un saumon, » murmura-t-il à mon oreille.

Le harponneur avait également aperçu ce poisson, et, d'une main sûre brandissant son arme, il lança le harpon, qui pénétra dans les chairs et enserra l'animal de telle façon, qu'il lui fut impossible de se délivrer.

Au même moment la corde se déroula avec une rapidité vertigineuse; puis, avant même qu'elle eût atteint toute sa longueur, elle s'arrêta; le poisson était mort. Le harponneur et ses deux camarades amenèrent la corde, en ayant soin de l'enrouler à mesure qu'on la retirait de l'eau. A la fin, le poisson apparut à la surface de l'eau, et on l'enleva prestement dans le bateau. C'était un magnifique saumon qui pesait dix-sept kilos, et n'était presque pas endommagé.

Trois fois, coup sur coup, le harponneur renouvela ce terrible jeu, et réussit sans manquer le pauvre saumon qu'il visait avec son arme. Comme le plaisir de cette pêche m'était offert à moi tout seul, je demandai grâce à la quatrième tête, et Mead ordonna à ses pêcheurs de regagner le rivage.

Il n'entre pas dans le cadre de ce chapitre de raconter en détail les journées agréables que je passai

avec mon vieil ami des prairies. Qu'il suffise à mes
lecteurs de savoir que je quittai Mead avec regret, et
que, lorsque la poste m'apporte encore une de ses
lettres, j'éprouve une joie toute particulière à ces
souvenirs du temps passé.

III

LES TORTUES DE L'ILE DE SABLE

Je me suis toujours demandé comment l'art culinaire français négligeait la tortue[1] et n'en avait fait qu'un mets de luxe d'une cherté inabordable. Les

[1] Les naturalistes rangent la tortue dans la classe des reptiles, grande série des vertébrés. Linné en a fait le genre *testudo;* Brongniart, la famille des *chéloniens,* dont il a divisé les quatre-vingts espèces différentes en cinq sections : les *tortues* proprement dites, les *émydes,* les *chélydes,* les *triones* et les *chélones.* Les caractères généraux de ces diverses espèces consistent dans la cuirasse osseuse qui remplace chez elles la peau sur une grande partie du corps; car les tortues n'ont de peau qu'aux quatre membres et à la tête, qui est chez elles couverte de plaques, comme chez les lézards et les serpents. Cette cuirasse, soudée à l'intérieur de l'épine dorsale, se divise en deux parties : la supérieure est appelée carapace; l'inférieure, plastron. La tête de la tortue est de forme pyramidale ou triangulaire; ses yeux sont petits; trois paupières les recouvrent. Son cou est très extensible; les doigts de ses pattes sont terminés par des ongles. Son estomac est très robuste; car elle digère parfaitement les mollusques dont elle se nourrit parfois. Sa mâchoire est d'une très grande force. La lenteur de la tortue est proverbiale; sa stupidité n'est pas moins renommée, et pourtant elle s'apprivoise facilement. Les tortues d'Europe appar-

auteurs anciens, Diodore de Sicile, Pline et Strabon, parlent cependant des chélones comme d'un aliment fort commun dans les classes même inférieures de la société de leur temps ; et de nos jours, dans toutes les Antilles, le long des côtes de l'Amérique du Nord et de celles du Sud, aux îles Maurice et Bourbon, dans les grandes Indes, à Batavia, en Chine, au Japon et même en Angleterre, la chair de la tortue passe, à juste titre, pour un mets savoureux et délicat, à tel point qu'il est un des plats nationaux du Royaume-Uni. La Grande-Bretagne est le seul pays de l'Europe où la chair de tortue soit appréciée comme elle doit l'être : les importations de Liverpool, de Southampton et de Londres s'élèvent annuellement à cent trente tonnes anglaises, soit environ cent trente-deux mille kilogrammes. Pour conserver les tortues plus sûrement vivantes pendant une longue traversée, on les renferme dans des barriques placées debout. Mais un grand nombre de capitaines ne font pas tant de façons : ils les laissent sur le pont, renversées sur le dos, et se contentent de les arroser matin et soir avec quelques seaux d'eau de mer. Dès qu'elles arrivent, on se hâte de les parquer dans des réservoirs où on les nourrit de plantes marines, de débris de légumes, et d'intestins de poissons et de volailles. Elles se con-

tiennent à la catégorie des animaux hivernaux ; elles s'endorment pendant la saison des froids. Manger, se reproduire, se blottir et dormir : telle est l'existence de la tortue, qui a la vie très dure. Comme preuve à l'appui, je dirai que j'en ai vu une à Key-West dont la tête était coupée, le corps partagé, la cuirasse arrachée, et qui remuait encore en donnant des signes de souffrance.

servent ainsi jusqu'à l'hiver, aux rigueurs duquel elles ne résistent pas. C'est l'amiral Anson qui apporta la première tortue qui fut mangée à Londres en 1762. Le prix de la chair de tortue, suivant que le marché est plus ou moins fourni, varie de 1 fr. 40 à 5 francs le kilogramme.

La France, qui si souvent suit à tort l'exemple de l'Angleterre, n'a pas eu l'esprit de l'imiter sur ce point, et si l'on demande quelquefois une soupe à la tortue chez Philippe ou au café Anglais, c'est tout simplement parce que ce plat se vend cher et que son chiffre figure bien sur la carte à payer du dîner auquel M. X.... a convié ses amis.

Il est rare de voir une tortue sur le carreau de la halle, et lorsque cette exception se présente, je tiens de nos premiers marchands de comestibles qu'elle trouve rarement acheteur.

Ah! mes chers compatriotes, laissez-moi vous dire que « vous ignorez les *bons* choses de *cette* monde », comme me l'affirmait un Américain chez lequel je mangeai pour la première fois de ma vie un *boucan* de tortue.

C'était une composition exquise et d'un goût parfait; d'un aspect étrange, j'en conviens, mais auquel on finissait par s'habituer lorsqu'on vous avait expliqué la nature de la viande. Qu'on se figure un plastron de tortue, autrement dit toute l'écaille du ventre de cet ovipare, sur laquelle on avait laissé trois à quatre centimètres de chair avec toute la graisse y attenante. La viande était verte et d'une saveur sans pareille. On l'avait saturée de jus de citron, saupoudrée de piment et assaisonnée de sel, de poivre, de girofle et d'œufs battus ; puis on avait mis ce plastron au four, sous la garde d'un moricaud armé d'une brochette, et dont la mission était de transpercer de temps à autre la croûte formée par les œufs et recélant la sauce, afin que celle-ci pénétrât jusqu'à la carapace. Quant tout avait été cuit à point, on avait servi chaud, et chacun avait trouvé une saveur délicieuse à ce *boucan* sans pareil.

Aux Antilles françaises, anglaises et espagnoles, la chair de la tortue se met à toutes les sauces. On en fait de la soupe, on la rôtit à la broche, on l'accommode en gibelotte, en daube, en fricassée, en pâtés. Son foie, ses intestins, ses os même se consomment. Aussi la tortue est-elle appelée par les Américains *Sea-pig* (le porc de l'Océan). Quel éloge !

Non seulement la chair des chélones est agréable au palais, mais elle est d'une digestion facile : elle diffère en cela de la plupart des poissons. On peut en manger un, deux et même trois kilogrammes sans le moindre inconvénient.

A la Martinique, les tortues se vendent à raison de 2 et 3 francs le kilogramme. Elles sont, par conséquent, l'objet d'une chasse très active, ce qui diminue leur nombre sur les côtes habitées. A l'époque du carême, des navires armés spécialement pour cet objet quittent le port de Saint-Pierre pour aller au loin pêcher des tortues, et ils en rapportent souvent une grande cargaison.

L'île Hetera, une des Bahamas, la plus éloignée

de la côte au milieu de l'Océan, est un point renommé pour la pêche des tortues. Il y a bien encore l'îlot du Caïman, à la pointe extrême de la Floride, et l'île Marguerite, sur les rives de Venezuela; mais, comme je n'entends parler que de ce que j'ai vu, je m'en tiendrai à l'île Hetera, sur laquelle, il y a quatorze ans, j'ai assisté à une pêche vraiment miraculeuse dont je raconterai les incidents dans le courant de ce récit.

Quelques mots encore au sujet des chélones avant d'entrer en matière, ou plutôt avant de commencer ma pêche.

Les tortues franches, autrement dit vertes, pèsent environ de cent cinquante à deux cents kilogrammes; mais les plus grosses ne sont pas les meilleures : celles de cinq à dix kilogrammes passent avec raison *pour les plus délicates.*

On m'a parlé à la Nouvelle-Orléans d'une tortue verte monstrueuse qu'on avait prise, en 1848, à Port-Royal, dans la baie de Campêche, mesurant *quatre pieds du dos au ventre et six pieds de ventre* en largeur. Le fils d'un capitaine de navire, jeune enfant de dix à onze ans, à qui l'on avait donné l'écaille de cette tortue, s'aventurait sur la mer au milieu de cette carapace érigée en chaloupe, et voguait souvent à plus d'un mille loin de la côte. Le gras avait produit huit gallons d'huile.

Le plus habile pêcheur de Key-West[1], où j'étais

---

[1] Key-West, ou l'île Thompson, située à vingt lieues du rivage de la Floride, tire son nom du mot espagnol *cavo* (îlot rocailleux), et non point, comme certains traducteurs (quand même!) ont

allé passer quelques jours pendant l'été de 1848, se nommait Downing. De Charleston à Savannah, de Saint-Augustin à Talahassee, de Port-Musqueto à la baie de Chaham, autrement dit dans toute la Floride, on connaissait Downing le mulâtre, le grand fournisseur de chélones de tous les marchés de cette partie des États du Sud.

M. Elliott, de Savannah, à qui j'avais été recommandé par mes amis de New-York, m'avait remis un billet pour Downing, par qui je fus reçu à bras ouverts en arrivant à Fort-Impérial [1], où il passait toute la saison de la pêche dans une charmante habitation.

prétendu, du mot anglais *key* (clef). La Clef-de-l'Ouest ne signifie rien, tandis que l'Îlot-de-l'Ouest, — ce qui est topographiquement vrai, — est exact. C'est un poste militaire important des États-Unis, et un comptoir où se fait un commerce considérable.

[1] Fort-Impérial, station militaire à trente milles au-dessous de Saint-Augustin.

« Une pareille recommandation, Monsieur, est un honneur pour moi, me dit Downing, et je m'efforcerai de satisfaire mon ancien protecteur en vous étant agréable. Puisque vous voici à Fort-Impérial pour une ou deux semaines, je vais organiser une partie de pêche à Hetera, et je suis sûr à l'avance que nous aurons, vous et moi, un sport comme on en a rarement dans sa vie. Le temps est d'ailleurs très favorable, la lune est dans son plein, et j'ai ici, sous la main, quelques naufrageurs de mes amis qui ne demandent pas mieux que de se donner quelque bon temps.

— Des naufrageurs ! m'écriai-je. Mais vous connaissez donc ces gens-là ? J'ai probablement mal entendu. Dans mon pays ce sont des assassins, des voleurs...

— Mille pardons ! Monsieur, en Amérique les naufrageurs sont des gens très bien vus dans la société ; ce sont des pêcheurs prêts en tout temps à porter secours à leurs semblables, mais autorisés, par les lois du pays, à s'approprier les débris d'une épave et tout ce que la mer jette à la côte. Les compagnies d'assurance payent intégralement, c'est l'usage. Il faut bien laisser vivre le pauvre monde, puisque la loi le permet.

— Allons ! va pour vos naufrageurs, maître Downing, ce sera un caractère nouveau à étudier. Revenons... à nos moutons, c'est-à-dire à nos tortues.

— Monsieur veut-il me permettre de lui montrer mon musée.

— Votre musée?

— Oui! ma collection de tortues. Elles ne sont pas vivantes; mais, quoique empaillées, elles vous donneront un spécimen de ce qu'est le genre chélonien de notre hémisphère. J'exerce depuis quarante ans le métier de pêcheur, et j'ai recueilli les plus beaux « sujets » de mes expéditions. Après les avoir disséqués et naturalisés, je me suis amusé à les suspendre tous aux parois de mon salon.

— Parbleu! je serais curieux de voir votre galerie, mon cher hôte; le plus tôt possible sera le mieux. »

Sans se faire prier, Downing ouvrit une porte de sa maison et m'introduisit dans une vaste pièce crépie à la chaux depuis le toit jusqu'au plancher, sur les murailles de laquelle étaient étalées plus de deux cents écailles de tortues de toutes sortes, de toutes grandeurs.

Onques de ma vie je n'avais vu tant de chélones « amarrées » dans un si petit espace.

« Voici, me dit alors Downing, les tortues de mer de l'espèce verte; il y en a de quatre sortes : les tortues à « bahut », les grosses-têtes, les becs-de-faucon et les « green ». Les premières, comme vous pouvez vous en convaincre, sont plus grosses que les autres, ont le dos plus élevé et plus rond; seulement leur chair est puante et malsaine. Il en est de même des grosses-têtes, que l'on ne mange qu'en cas d'absolue nécessité. Ces deux espèces ne se nourrissent que des mousses de mer qui croissent sur les rochers de nos récifs. Quant aux becs-de-faucon, ainsi nommés à cause de la forme de leur tête et dont la gueule allongée est terminée par un bec crochu, ce sont celles qui servent aux fabricants de peignes et aux ébénistes incrusteurs. C'est encore là un fort mauvais manger, et j'ai vu souvent des pêcheurs qui, malgré mes avis, s'étaient nourris de ces tortues, être pris de vomissements et de maux d'entrailles intolérables. On eût dit qu'ils étaient empoisonnés. Voici maintenant deux magnifiques tortues vertes dont j'ai refusé, quand elles étaient en vie, cent piastres pièce. Que voulez-vous! je suis amateur, et j'aimais mieux compléter ma collection que gagner quelques écus à colonnes. Mais pardon, Monsieur, je vous ennuie peut-être avec mon bavardage...

— Non pas, mon cher Downing; continuez, je vous prie, dis-je en m'avançant de plus près vers les deux écailles de tortues appendues contre la muraille.

— Les tortues vertes, ajouta le pêcheur, ont la carapace plus verte que leurs autres congénères : c'est de là que leur vient leur dénomination. Ce sont les plus grosses tortues, et l'on en a vu qui pesaient jusqu'à six et sept cents livres. Celles-ci n'apportèrent qu'un poids de trois cent quatre-vingts et trois cent quatre-vingt-dix-neuf livres dans la balance; mais leur forme régulière, la transparence de leur « maison », me les firent remarquer parmi une vingtaine qui avaient été retournées à Hetera par mes hommes et moi. Je les gardai, malgré les récriminations de mistress Downing, qui vivait à cette époque : — que Dieu ait son âme ! la pauvre chère femme, — ajouta le pêcheur sans paraître trop regretter celle qui n'était plus. Je les gardai donc, bon gré, mal gré, et les vidai moi-même, conservant l'extérieur et me régalant de l'intérieur, qui produisit la meilleure *turtle soup* que j'aie jamais mangée depuis que j'ai l'âge de raison. Si mon verbiage ne vous ennuie pas trop, Monsieur... »

Je fis un signe de tête négatif.

« Les tortues vertes se nourrissent d'une espèce de valisneria qui croît dans nos mers, dans les fonds de quatre, cinq ou six brasses d'eau. Cette plante est d'un goût agréable, et produit des feuilles allongées, petites, ténues, d'un quart de pouce de large et de six pouces de long [1]. C'est à cette nourriture que les *green* chélones doivent la couleur verte de leur chair et de leur écaille. Le gras de leur viande est pourtant jaune ; et cette particularité existe chez toutes les autres tortues, même chez celles que l'on pêche à Boccataro, à Portobello et dans les baies de Campêche et de Honduras, comme aussi dans les atterrages de la Jamaïque et de Cuba. A Port-Royal, où je me trouvais, il y a six semaines, pour régler un compte avec un de mes correspondants, fit Downing, il y a des réservoirs préparés exprès sur le bord de la mer où on garde les chélones vertes en vie, et d'où on les transporte sur le marché, qui est abon-

---

[1] En général, les tortues marines se nourrissent de fucus, d'hydrophytes, de mollusques et de toutes les algues dont est tapissé le fond de la mer. On les voit en troupes, comme un banc de maquereaux ou de harengs, venir manger à de certaines heures, le soir et le matin.

damment pourvu de cette viande succulente, nourriture ordinaire de ce pays-là et particulièrement des petites gens.

« Voici ensuite, ajouta mon interlocuteur, quatre chélones que l'on m'a rapportées des Gallopagos, ces îles qui fournissent le guano à l'Europe : leur écaille est plus épaisse que celle des autres chélones, car elle a deux à trois pouces d'épaisseur.

« Si vous passez à droite, Monsieur, vous trouverez sur la paroi toutes les tortues d'eau douce de notre pays. D'abord les *loths*, ainsi nommées à cause de leur forme, qui est vraiment extraordinaire. Les *hécates*, qui se tiennent toujours dans les étangs d'eau douce et ne viennent à terre que rarement. Leur poids varie de cinq à huit kilogrammes, et leur forme est ronde. Les *terrapins*, plus petites que les précédentes, ont l'écaille du dos taillée d'une façon bizarre, bien ouvragée et de plusieurs nuances. Elles vivent dans les lieux humides ou marécageux. Celles que voici viennent de l'île des Pins, près de Cuba. Vous remarquerez, ajouta Downing, qu'elles sont marquées sur le dos de plusieurs entailles. C'est un usage parmi les chasseurs espagnols, lorsqu'ils en trouvent dans les bois, de les porter dans leur cabane, puis de les laisser aller, une fois marquées, et elles ne s'écartent jamais trop loin. Lorsque ces chasseurs retournent à Cuba, après une absence de six semaines, ils emportent souvent quatre à cinq cents tortues qu'ils vendent et qui sont très bonnes à manger. Chacun d'eux a reconnu ses prises à sa marque.

« Les *chélides*, que nous trouvons dans les eaux douces des États-Unis, et dont voici un admirable individu, me dit ensuite mon pêcheur, ont la bouche fendue comme celle d'un crapaud, au lieu de l'avoir en bec de perroquet. Leurs membres sont très gros et ne rentrent point sous leur carapace, comme peuvent le faire ceux des *émydes* à queue de serpent. Ces tortues ont cela de particulier, que, lorsque le reptile a caché ses membres, sa carapace se referme comme une boîte, de façon à les cacher complétement.

— Je me rappelle d'avoir trouvé cette tortue dans les Swamps du New-Jersey, dis-je au mulâtre.

— En effet, répliqua-t-il, elle abonde dans tous ces marécages, ainsi que les *snapping turtles* (les *triones*), ainsi nommées parce qu'elles sont méchantes et cherchent à mordre ceux qui veulent les attraper. Ces dernières vivent de poissons, de reptiles aquatiques et de canards. Remarquez qu'elles n'ont que trois ongles au lieu de quatre ou cinq, et que leur carapace est formée non point par une écaille dure et solide comme chez les autres variétés, mais bien par une peau molle et épaisse qui se durcit à mesure que vieillit le trione. Enfin, pour vous épargner des explications fastidieuses, je me bornerai à vous montrer, en dernier lieu, cette *bourbeuse* aux doigts palmés, au long cou, au nez en forme de trompe, dont l'espèce vit, dit-on, cent années. »

J'admirai longtemps encore, tout en prêtant une oreille attentive aux explications de Downing, la collection qu'il avait artistement disposée dans son musée de tortues; puis je me disposai à rentrer à Fort-Impérial, et je pris congé du pêcheur.

« Monsieur, me dit tout à coup celui-ci, je suis peut-être bien hardi d'oser inviter un blanc à ma table; mais, si vous daignez accepter mon hospitalité, je me fais fort de vous offrir un souper plus confortable que celui de la taverne de *Hog's head*, où vous avez élu domicile.

— Je n'ai pas de préjugés au sujet des hommes de couleur, répondis-je à ce brave homme, et, pour vous prouver que je ne parle pas du bout des lèvres, j'accepte votre invitation.

— Merci, Monsieur, merci de cet honneur, s'écria Downing; je demande seulement une demi-heure pour tout préparer, et vous promets un repas complet de tortues.

— Un repas de tortues !

— Oui, Monsieur : potage, entrées, rôti, plat doux, c'est une tortue verte qui fera les frais de notre souper. Reposez-vous sur mon habileté; je passe, à juste raison, pour un habile cuisinier, et m'enorgueillis de mon talent. »

Downing, après m'avoir offert un excellent panatella et m'avoir installé dans un *rocking-chair* [1], sous une tonnelle de magnolias et de lianes fleuries, rentra dans son logis, escorté d'une jeune négresse, son aide de cuisine et sa domestique, me laissant plongé dans les délices d'une douce rêverie.

Je songeais, en effet, à la bizarrerie de ma desti-

---

[1] Fauteuil à bascule très usité dans les États-Unis.

née, qui, m'ayant fait naître sur les rives de l'Arc, en pleine Provence, m'avait amené de l'autre côté de l'Océan dans une île de sable aux limites de la civilisation, hôte d'un mulâtre, loin de ma famille, de mes affections, entraîné par l'amour des aventures, la passion de la chasse et de la pêche.

Tout en songeant de la sorte, je humais la fumée de mon cigare, dans les spirales de laquelle je suivais les rêves de ma fantaisie. Bientôt pourtant un parfum exquis, apporté par une douce brise, vint caresser mes narines; la fenêtre de la cuisine de Downing était ouverte, et par là s'échappaient des effluves inconnues qui s'adressaient à mon palais et à mon estomac.

Machinalement je passai à plusieurs reprises ma langue sur mes lèvres, et j'appréciai à l'avance les promesses que le pêcheur m'avait faites.

Je le vis paraître enfin devant moi, revêtu d'un pantalon blanc en toile et d'une veste de la même étoffe.

« Maître, le repas est prêt, fit-il. Vous plairait-il de dîner ici ou dans la cuisine?

— Ici, rien ne s'y oppose, » répondis-je.

Ce que j'avais désiré fut exécuté au même instant. Mia (c'était le nom de la négresse) aida à son maître à apporter la table, la recouvrit d'une nappe blanche, et disposa en un clin d'œil des assiettes, des fourchettes, des couteaux, des verres et deux pots d'une respectable capacité remplis d'ale mousseuse.

Au moment où j'approchais ma chaise de la table,

Downing parut sur la porte de son logis, tenant dans ses mains calleuses une vaste terrine renfermant une *green turtle soup* dont, en véritable artiste, il me vanta tout d'abord l'excellence.

« A table, Downing, lui dis-je ; là, plus près de moi, » ajoutai-je en m'apercevant qu'il s'était modestement assis à l'autre extrémité, par déférence pour la couleur de ma peau.

Le pêcheur ne se le fit pas dire deux fois ; il avança sa chaise, et, soulevant le couvercle de la terrine, plongea dans ses flancs rebondis une louche de bois, à l'aide de laquelle il retira de menus morceaux d'une matière verdâtre et gélatineuse, des boulettes de la grosseur d'un œuf de pigeon et des œufs roussâtres nageant dans une sauce brune d'où s'exhalait un arome tout particulier, qui flattait au suprême degré les papilles de mon odorat. J'avais déjà, dans les tavernes et les hôtels des États-Unis, mangé en mainte occasion d'excellentes *turtle soups;* mais jamais, je puis le dire, aucun de ces brouets exquis n'avait eu autant de charme pour moi.

Il va sans dire que je fis honneur à ce potage incomparable, dont bientôt il ne resta plus trace ni dans la terrine ni dans nos assiettes.

Après le potage vint un *steak* de tortue assaisonné de jus de citron et de piment, plat succulent et savoureux qui subit le même sort que le premier mets.

Mia nous servit en troisième lieu un plat doux façonné à l'aide des œufs de la tortue verte, dont la saveur inconnue, l'arome étrange me séduisit et m'étonna à la fois.

Certes, si jamais Chevet ou Potel et Chabot façonnaient ce mets princier, ils exploiteraient là une veine qui assurerait leur fortune.

Tout ce dîner fut arrosé d'un excellent vin de Catawba, vin américain s'il en fut jamais, dont le cru ressemble fort à du vin de Beaune et de Joigny[1]. Au dessert, nous savourâmes des ananas, des bananes, des avocats, et autres fruits sans pareils pour le goût et la saveur.

Un verre de vieux rhum et un excellent « cabaña » complétèrent ce repas exquis, dont j'ai gardé le souvenir malgré les années écoulées, ce qui prouve la vérité de cet axiome égoïste, formulé, je crois, par d'Aigrefeuille : « La plus sûre reconnaissance est celle de l'estomac. »

Tout en fumant le « cabaña » et en « lappant » le *genuine brandy* de la Jamaïque, je demandai à Downing s'il avait songé à notre pêche.

« Pas encore; mais en une demi-heure tout peut être prêt, et nous allons nous mettre en route, si bon vous semble, à moins que vous n'aimiez mieux remettre à demain. M'est avis même que ce serait plus prudent, dans l'intérêt du succès de notre pêche.

[1] Le catawba est une vigne qui produit un jus très sucré, lequel paraît être fort propice à la fabrication du vin. C'est d'ailleurs le meilleur raisin des États-Unis. A l'aide de ce raisin on fabrique d'excellent cru, et les plants se propagent avec la plus grande rapidité. Dans un temps qui n'est pas éloigné, les Américains pourraient bien se passer de nous pour les vins ordinaires.

— Je reste à vos ordres, mon hôte, répondis-je au mulâtre. Je suis maître de mon temps pour une semaine, et je laisse à vos soins l'arrangement des plaisirs que vous m'avez promis.

— Voici ce que je propose à Votre Seigneurie, ajouta le pêcheur. Demain matin je vous conduirai à deux lieues d'ici, au milieu des terres, près d'un *pond* où vivent en grand nombre des tortues d'eau douce, dont la réputation est répandue dans tous les restaurants de la Louisiane. Nous resterons là tout le jour; puis après-demain nous irons coucher à Hetera. Ne craignez rien, nous avons là-bas une cabane très confortable à l'abri d'une montagne de sable, et vous vous trouverez en compagnie des plus hardis naufrageurs de l'Union. »

Je laissai Downing sur le seuil de sa porte et rentrai à mon hôtel, où je ne tardai pas à regagner mon lit; car le départ pour le pond aux tortues devait avoir lieu dès l'aube.

A l'heure dite, Downing était à la porte du caravansérail de Fort-Impérial, et nous nous hâtions de sortir de la ville au pas accéléré de deux chevaux.

Nous atteignîmes bientôt les rives d'un courant d'eau encaissé dans un ravin profond et ombragé par des arbres très élevés. En suivant ce ruisseau, nous parvînmes à un grand lac aux bords tapissés de gazon et d'un cercle tellement régulier, qu'on eût cru se trouver dans un bassin creusé par la main des hommes, au milieu d'un parc ou parmi les méandres d'un jardin anglais. On l'appelait le lac Worth.

Downing avait apporté des lignes dans ses poches; il n'y avait plus qu'à se procurer des hampes, afin de les ajuster; mais ce ne fut point là chose difficile. Une fois nos engins de pêche ajustés, nous nous établîmes sur le bord le plus élevé et jetâmes nos hameçons dans le lac. Cinq minutes après, nous remarquâmes çà et là un léger mouvement de l'eau, et au milieu des petits cercles qui ridaient la surface du pond je vis apparaître des points noirs que je pris tout d'abord pour des têtes de serpents.

Downing, lui, ne s'était point trompé.

« Voilà les tortues, murmura-t-il à mon oreille. Attention! elles ne tarderont pas à mordre. »

En effet, un de ces chélones s'approcha jusqu'au rivage sur lequel nous étions, et j'aperçus distinctement sa longue tête, qui ressemblait à un museau, s'élever au-dessus de l'eau et regarder autour comme pour deviner le danger.

Je m'étais retourné pour interroger Downing et lui demander par quel moyen nous pourrions nous emparer de la tortue, lorsque je sentis tout à coup un coup sec donné à ma ligne. Je crus tout d'abord qu'un poisson était venu se suspendre à mon hameçon; mais quelle ne fut pas ma surprise en amenant à la surface une tortue, la même sans doute que celle qui était venue respirer un instant auparavant à la surface du lac.

Ce chélone n'était point très gros; aussi je parvins, sans grande difficulté, à le ramener sur le bord.

Downing, afin de s'assurer que la prise ne s'échapperait pas, la renversa tout simplement sur le dos, en ayant soin d'enfoncer quatre petits coins en bois à l'entrée de ses pattes, afin de prévenir toute velléité de fuite.

Notre pêche fut bientôt abondante, et j'eus le plaisir de compter sur le sable, à quelques pas de nous, quatorze tortues, dont la plus petite pesait cinq kilogrammes.

Tandis que j'observais tranquillement les quatre lignes tendues devant moi, Downing m'appela à voix basse et me montra, à environ cent mètres plus loin, à l'angle d'une anse ouverte vers l'embouchure d'un ruisseau, un raccoon énorme, au dos brun, au museau pointu et à la queue rayée de blanc et de noir.

« Attention, » murmura le mulâtre, dont les yeux brillaient de joie; car il n'est pas d'animal que la race de couleur aime plus à tourmenter que le pauvre raccoon.

Il est pour eux ce qu'est le renard aux *hunters* de la vieille Angleterre.

Le raccoon ne nous avait pas vus; car, s'il eût eu vent de notre présence, il eût prestement pris la fuite. Dans l'ignorance du danger, il rampait pas à pas le long de la berge, se hissant de temps à autre sur un tronc d'arbre abattu, du haut duquel il pouvait mieux voir dans l'eau.

« Regardez bien, continua mon guide, la bête est venue pour pêcher.

— Bah !

— C'est comme je vous le dis. Le raccoon est très friand de tortues.

— Je n'en doute pas. Mais de quelle façon s'y prend-il pour s'emparer de sa proie?

— Vous allez voir; seulement ayez un peu de patience. »

J'écoutai les avis de Downing, qui m'engagea à ne pas quitter l'abri de feuillage derrière lequel nous nous étions cachés, et je demeurai les yeux grands ouverts, me demandant comment procéderait le quadrupède. Allait-il s'élancer à l'eau pour happer une tortue, ou bien attendrait-il que l'une d'elles se hasardât sur le sol?

Le raccoon déjoua toutes mes conjectures.

A deux mètres de l'endroit où il s'était blotti, on apercevait un tronc d'arbre retenu au rivage par ses racines et soutenu au dehors de l'eau par ses branches, dont quelques-unes sans doute avaient trouvé un point d'appui au fond du lac.

Le raccoon s'avançait à pas lents vers ce tronc d'arbre, dont l'ombre protégeait un certain nombre de tortues dressant leur tête au-dessus de l'eau : il ne les perdait pas de vue, et, quand il eut réussi à s'insinuer à travers les racines jusque sur la partie plane de l'arbre, il plaça sa tête entre ses pattes de devant, tourna sa queue du côté de l'eau, et s'avança à reculons, petit à petit, jusqu'à ce que sa queue touchât presque la surface du lac; puis il se mit à la remuer de côté et d'autre.

Le corps du rusé animal était tellement roulé sur lui-même, que pour tout autre que nous il eût été

impossible de deviner à quelle espèce de la création il appartenait.

Bientôt une des tortues aperçut cet appendice caudal qui s'agitait d'une façon étrange : elle nagea lentement, ouvrit. ses deux mâchoires et saisit les poils extrêmes de la queue.

A peine avait-elle serré cet appât d'un nouveau genre, que le raccoon se redressa, et, donnant une violente secousse, tira la tortue hors de son élément, la jeta sur la plage, à sec sur un lit de sable, et à l'aide de son museau la renversa prestement sur le dos, en ayant le plus grand soin de ne pas se laisser mordre.

Le *snapping turtle* était à la merci du raccoon, qui allait le dépecer à sa manière, lorsque Downing, m'engageant à le suivre, s'élança hors du fourré dans lequel nous étions enfouis, saisissant le fusil à deux coups dont il s'était précautionné et l'armant d'une main rapide.

A notre vue, au cri qu'avait poussé le mulâtre, le raccoon s'était réfugié sur un arbre et avait grimpé jusqu'au faîte. Malheureusement pour lui, l'arbre n'était pas élevé; aussi, lorsque Downing l'eut découvert au milieu d'une touffe de feuillage, il me passa l'arme et m'engagea à me donner le plaisir de tuer une « vermine ».

J'épaulai, je fis feu, et le pauvre raccoon vint tomber à nos pieds, à quelques centimètres de la tortue qui se débattait encore sur le dos. Ce quadrupède était un vieux mâle, à la fourrure splendide, dont je me fis faire plus tard un admirable bonnet de trappeur, en ayant soin de conserver la queue, ce qui me faisait ressembler, — je le regrette, — à un des sanguinaires pourvoyeurs de la guillotine pendant la fatale révolution de 93.

Cet incident de chasse une fois terminé, nous retournâmes à la pêche, et, quand vint le moment de rentrer à Fort-Impérial, les eaux du lac Worth nous avaient fourni dix-sept tortues, y compris celle que le raccoon avait pêchée pour nous.

Un des engagés de Downing, conduisant un léger véhicule traîné par un mustang de la Floride, ramena les pêcheurs et leur butin au logis, où les attendait un souper exquis dont la chair de tortue faisait encore tous les frais.

C'était au jour suivant que Downing avait fixé notre départ pour Hetera, où nous devions trouver une troupe de naufrageurs attendant là l'occasion de recueillir des épaves, et occupant leurs loisirs à la pêche des tortues. Mon hôte le mulâtre avait devant sa maison, à l'ancre dans une anse du rivage, un bateau ponté d'une belle dimension, jaugeant de vingt à trente tonnes, et gouverné par deux engagés. Ce fut sur cette pinasse solide que nous nous aventurâmes tous les quatre, le lundi 27 juin 1848. Bientôt, grâce à une brise favorable, nous eûmes franchi les récifs, et nous nous trouvâmes en pleine mer, faisant jaillir la blanche écume des deux côtés de notre proue, glissant en silence sur un océan inondé de lumière. Devant nous, des deux côtés de l'embarcation, des bandes de poissons volants plongeaient et se jouaient au milieu des varechs, des éponges, des pennatules et des coraux dont le fond était émaillé.

Nous apercevions à notre droite les récifs des Bahamas comme autant de points perdus vers l'horizon immense; mais, à mesure que nous avancions, ils grossissaient à nos yeux et verdoyaient, revêtus de la plus riche livrée des tropiques, et offrant à nos regards une diversité de nuances et de couleurs adoucies encore, rendues plus délicates par la pureté des cieux et l'éclat du soleil. C'était un spectacle féerique, et j'oubliai, à le contempler, les premières atteintes du mal de mer qui m'avait déjà soulevé le cœur.

Nous parvînmes, trois heures après notre départ de la côte ferme, à Hetera, où nous jetâmes l'ancre dans une anse profonde, abritée contre tous les vents, au fond de laquelle s'élevaient une tente et une cabane de feuillages et d'herbes entrelacées, que Downing me dit être la demeure des naufrageurs.

Les « gentlemen des épaves » étaient absents au moment où nous arrivâmes; ils n'avaient pas même laissé un des leurs pour garder leurs effets, abandonnés çà et là à la garde... de Dieu. Les vivres contenus dans des barils parurent à mon hôte peu suffisants pour sa cuisine; aussi dépêcha-t-il un de ses engagés, excellent chasseur, pour nous procurer de la venaison. Il lui remit à cet effet une carabine à un coup, chargée seulement d'une balle, et une heure après ce brave garçon revenait avec deux cerfs tués du même coup. Il avait attendu, pour accomplir cet exploit, que les animaux fussent tous deux côte à côte dans la direction de son point de mire, et les avait abattus sans autre forme de procès.

Downing se hâta de dépouiller l'un des cerfs, et, tandis qu'il le dépeçait, je signalai à l'un des angles de la baie une, puis deux embarcations remplies de marins qui se dirigeaient de notre côté. C'étaient les naufrageurs. Ils revenaient d'une expédition heureuse, dont ils nous racontèrent chaque détail dès que le mulâtre m'eut présenté à leur chef et à chacun d'eux; puis on songea au souper.

Les naufrageurs rapportaient des poissons que l'on accommoda à toutes les sauces possibles; les grillades de cerf eurent néanmoins la préférence, et l'on fit rôtir des canards sauvages et des courlis. Il va sans dire que ce repas, servi à des gens dont le robuste appétit était encore aiguisé par l'air salin de l'Océan, fut englouti en silence jusqu'à ce que la plus grosse faim eût été apaisée. Quand on arriva au dessert, composé de bananes, d'avocats et d'autres fruits des Bahamas, on porta des toasts et l'on se mit à chanter. Je me rappelle encore, à l'heure qu'il est, un couplet d'une des chansons des naufrageurs, dont voici le sens traduit en vers français.

> Sur les rochers clairsemés de l'abîme,
> *Wreckers,* allumons nos feux!
> Guettons, des vents pauvre victime,
> Le vaisseau malheureux.
> Au marin que l'orage
> Entraîne loin du port,
> Tendons la main, compagnons du naufrage,
> Sauvons-le de la mort.

Mais à nous appartient l'épave,
Et sa prise est de bon aloi.
Malheur à celui qui nous brave!
Telle est la loi.

Vingt-deux voix répétaient en chœur les quatre derniers vers, et je vous assure que dans le calme de la nuit cet orphéon primitif produisait un effet assez imposant.

Il fut ensuite question de la pêche que nous étions venus faire aux Bahamas, et, comme la nuit arrivait, on songea aux préparatifs. Il fallait se rendre au lieu de pêche avant l'heure où les tortues quittent la mer pour venir déposer leurs œufs sur les bancs de sable propres à l'éclosion de leur progéniture. Ces îlots, entrecoupés de profonds canaux et formés de débris de coquillages, sont voisins du grand récif de corail aimé des chéloniens de l'Océan. Tout le fond de la mer, sur les côtes de la Floride, est couvert d'une épaisse couche de coraux, de gorgones, de varechs et autres productions de l'abîme, servant d'abri à une multitude innombrable de crustacés. Et sur ces bancs de sable voltigent du matin au soir des nuées d'oiseaux de mer que l'on prendrait de loin pour des essaims d'énormes moucherons.

Nous arrivâmes sur le grand îlot de sable au moment où l'astre étincelant se plongeait à l'horizon dans la mer. Pour qui n'a jamais vu un coucher de soleil sous ces latitudes, ce spectacle est d'un grandiose qui n'a rien de pareil sur la terre. Cet énorme disque rougeâtre, dont les dimensions semblent triplées, disparaît aux deux dixièmes sous

la ligne des eaux profondes, et revêt d'une frange pourprée les nuages qui planent à l'horizon lointain. A travers les vastes portiques de l'occident on aperçoit un éblouissant éclat de gloire : on dirait une fournaise dans laquelle bouillonnent des montagnes de minerai d'or. Tout à coup l'astre disparaît en entier, comme s'il eût fait le plongeon, et le voile grisâtre que la nuit tire sur l'univers monte lentement de l'est à l'ouest.

La brise de mer se leva à ce moment même, et les engoulevents prirent dans l'air la place des oiseaux diurnes, des sternes, des *mother carey chic-kens*, des gabians et des alcyons. De temps à autre cependant on voyait passer, attardée, une frégate ou bien un fou à manteau brun.

Une demi-heure après, Downing, qui s'était posté à mes côtés, derrière un amas de sable dont il avait fait un abri et une cachette, me montra, nageant avec lenteur vers le rivage et la tête seulement au-dessus de l'eau, des tortues qu'il m'assura être de la grosse et de la bonne espèce. Sur la surface à peine ridée du bras de mer qui séparait l'îlot sur lequel nous nous trouvions de la plage sablonneuse voisine, je distinguai confusément leur large carapace, et, tandis qu'elles avançaient lentement et avec effort, la brise apportait à mes oreilles le bruit d'une respiration précipitée qui trahissait leur inquiétude ou leur terreur.

Tout à coup la lune se leva et vint éclairer cette scène fantastique. Une tortue, ayant atterri, traînait péniblement son corps pesant sur le sable; car ses pattes et ses nageoires étaient mieux organisées pour nager que pour se mouvoir sur terre. Elle parvint cependant à l'endroit désiré, et se mit laborieusement à l'œuvre, écartant avec adresse le sable qui se trouvait sous son ventre, et le rejetant à droite et à gauche. Puis, lorsque le trou fut assez profond, elle déposa ses œufs, qu'elle arrangea avec le plus grand soin et qu'elle recouvrit proprement de sable.

Au moment où elle allait faire volte-face et regagner l'Océan, Downing se précipita en avant d'un seul bond, comme fait un tigre sur sa proie, et, assenant un coup de bâton sur la carapace près de la tête, saisit l'instant où le chélonien gardait une sorte d'immobilité causée par la peur, pour lui faire faire la culbute. Au même moment la tortue se trouva placée sur le dos, remuant pieds et pattes, mais ne pouvant plus fuir.

Nous avions à peine regagné notre cachette, que Downing attira de nouveau mon attention : une tortue énorme, à en juger par le déplacement d'eau qu'elle opérait autour d'elle, s'avançait vers la plage. A trente mètres du banc de sable, elle leva la tête au-dessus de l'eau, jetant autour d'elle un regard inquiet et passant attentivement en revue tout ce qui se trouvait à portée de son rayon visuel. Elle poussa enfin une sorte de sifflement, que Downing m'assura être un défi porté à ses ennemis, dans le but de les effrayer et de les obliger à lui laisser le champ libre. Puis, comme rien ne bougeait, elle nagea doucement vers le banc et s'avança sur le sable en soulevant autant que possible son cou. Elle trouva enfin un endroit qui lui parut convenable : elle procéda comme sa devancière, qui se trouvait cachée derrière le monticule de sable où nous étions abrité. En cinq minutes elle eut creusé, à environ soixante centimètres de profondeur, un trou où elle déposa ses œufs l'un après l'autre, lesquels étaient au nombre de cent soixante-dix-sept, comme nous nous en assurâmes avant de quitter l'île de sable. Ces œufs étaient de la grosseur d'un œuf de poule, fort ronds et couverts seulement d'une peau blanche et dure. La tortue qui se trouvait devant nous était un chélone à grosse tête, et Downing, qui connaissait la façon d'agir de ses pareilles, s'élança vers elle, à mon grand étonnement, avant d'avoir donné le signal convenu. Il m'expliqua en même temps que cette espèce, pendant qu'elle pondait, était incapable d'interrompre sa tâche, tant il lui semblait nécessaire de la continuer coûte que coûte.

« A moi! » s'écria-t-il tout à coup.

Et, se plaçant devant la tortue, il appuya son épaule derrière l'une de ses pattes de devant, la souleva un peu, tout en la poussant de toutes ses forces, puis, par un élan subit, la jeta sur le dos. Comme la tortue était démesurément grosse et qu'elle se démenait à l'instar d'un diable dans l'eau bénite, Downing crut prudent de lui ficeler les pattes de façon à l'empêcher de se mouvoir.

Cela fait, nous procédâmes à d'autres captures, et, comme ce jeu m'amusait fort, nous le prolongeâmes jusqu'au moment où « le combat finit faute de combattants ».

Les naufrageurs, Downing et ses deux engagés avaient réussi à prendre cinquante-six tortues dans l'espace de deux heures et demie.

Dès qu'on eut amariné le butin au fond des embarcations, on songea à aller à la chasse des œufs. Munis, les uns d'un petit bâton, les autres d'une baguette de fer, les chasseurs de *yolks* se répandirent sur la plage sablonneuse en sondant le sable aux endroits où se remarquaient les traces des tortues. Il n'est cependant pas toujours facile de les découvrir ; car souvent les averses, les orages et le vent même les ont presque entièrement effacées. Avant de retourner à l'anse d'Hetora, les naufrageurs, Downing, ses engagés et moi, nous avions découvert dix-huit nids de tortues et recueilli près de sept cents œufs [1].

La prise avait été bonne, et nous songeâmes à regagner la tente d'Hetora, où nous attendait un souper confortable. Pendant le repas j'entendis raconter à plusieurs convives des détails assez bizarres sur tout ce qui avait rapport aux tortues de mer.

Entre autres faits bons à signaler, je consignerai celui-ci : les chélones *au manteau vert* sont si abondants dans ces parages, que cinq à six cents hommes pourraient en subsister pendant plusieurs mois

[1] Les œufs de tortue sont arrachés, sinon détruits sur place en grande quantité, ce qui n'étonnera personne lorsque je dirai que certains îlots des Bahamas et de toutes les îles connues sous le nom de Florida-Keys renferment dans l'espace d'un mille les œufs de plusieurs centaines de tortues. Ces chélones verts creusent un nouveau trou à chaque ponte : le second est généralement près du premier, comme si la tortue n'avait aucun souvenir de l'accident qui lui est arrivé. On comprend sans peine que la multitude d'œufs qui se trouvent dans le ventre d'une tortue ne soient pas tous destinés à être pondus dans la même année. La plus grande quantité qu'un seul individu de cette espèce puisse pondre dans le courant d'un été est quatre cents environ ; tandis que, lorsqu'une tortue est prise sur son nid au moment de pondre ses œufs, on les trouve dans son corps tout petits, dépourvus de coquille et empilés par larges couches dépassant le nombre de trois mille. Peu de temps après leur éclosion, les petits se frayent un passage à travers le sable qui les recouvre et se jettent immédiatement à la mer. Rien n'est plus curieux à voir que cette armée de petites tortues, à peine grosses comme un crabe, et gagnant l'Océan avec une rapidité relative.

sans avoir recours à aucune autre sorte de provision.

Les tortues d'Hetera, — j'eus l'occasion de m'en convaincre, — sont extraordinairement grosses et grasses ; la délicatesse de leur chair est telle, qu'on en mange avec plus de plaisir que d'un poulet.

Le moyen de prendre les tortues que je viens d'expliquer n'est pas le seul qui soit en usage sur les côtes des Florides. Aux embouchures des fleuves et des rivières, les *turtle fishers* tendent quelquefois d'énormes filets aux mailles fort larges, dans lesquelles les chélones s'embarrassent d'autant mieux qu'ils font plus d'efforts pour en sortir.

D'autres se servent d'un harpon ; mais les tortues ont, dans ce cas, une telle force d'impulsion, qu'on me raconta une histoire d'un Caraïbe dont le canot avait été entraîné pendant deux nuits et un jour par une tortue harponnée. Le pauvre Indien, faute d'instrument tranchant, n'avait pas pu couper la corde attenant au harpon entré dans le corps de la tortue.

Downing, lui, avait inventé l'engin dont voici la description pour prendre des tortues en plein jour. C'était un instrument de fer qu'il appelait une cheville, muni à chaque extrémité d'une pointe pareille au « clou sans tête » dont se servent les faiseurs de filets, quadrangulaire, aplati, figurant à peu près le bec d'un pic. Au milieu de cet instrument il plaçait un fil de carlin très fin, très serré, d'une longueur de cent mètres, assujetti solidement par l'un des bouts au centre de la cheville, où se trouvait pratiqué un trou par lequel passait le fil. L'autre portion de la corde, soigneusement enroulée, était placée dans une partie convenable de l'embarcation. L'un des bouts de la cheville entrait dans un étui en fer qui le retenait d'une manière lâche, attaché à un long épieu de bois, jusqu'à ce que la carapace de la tortue eût été transpercée par l'autre pointe. Dès que le pêcheur, assis dans la barque, apercevait un chélone se réchauffant à la surface de l'eau, il s'approchait en faisant le moins de bruit possible, et, parvenu à dix à douze mètres, lançait l'épieu avec l'intention de percer la tortue à cette même place que veut perforer un entomologiste pour piquer un insecte sur une plaque de liége.

A peine la tortue a-t-elle été atteinte, que le manche de bois se sépare de la cheville, à laquelle il tient fort peu. Le chélone, fou de douleur, se débat convulsivement, et plus la cheville reste dans la blessure, plus elle s'y enfonce, tant est grande la pression qu'exerce sur elle l'écaille de la tortue, qui file comme une baleine et qui bientôt s'épuise en vains efforts, cesse de se défendre et flotte à la surface de l'eau. On s'empare alors de la tortue en la ramenant au bout de la ligne avec de grandes précautions.

« De cette façon, me dit Downing, un seul de mes engagés s'est emparé de huit cents tortues dans l'espace d'une année. »

Le lendemain matin, au lever de l'aurore, le mulâtre me réveilla et me conduisit à son réservoir, sorte de construction carrée ou de parc en bois fait d'énormes souches, séparées les unes des autres de telle façon que la marée pénétrait librement dans cet espace. C'est là qu'on avait jeté les tortues prises la veille sur l'île de sable, et elles grouillaient dans cette crapaudière, s'efforçant de monter pour rejoindre la pleine mer. Peine inutile, toute fuite était impossible.

Il avait été décidé que nous passerions deux jours à Hetera pour y pêcher et y chasser. Je me livrai à ce dernier plaisir le long des grèves et dans le bois, où je trouvai du gibier d'eau de toute espèce, des cerfs, des faisans, des perroquets et autres oiseaux babillards. Mais ce qui m'amusa le plus, ce fut la pêche aux tortues faite par les engagés de Downing, dont un était un plongeur émérite.

Le mulâtre m'emmena le second jour, après déjeuner, en pleine mer, et me montra un grand nombre de tortues endormies sur l'Océan tranquille.

Or voici comment la pêche se faisait, sans aucun instrument, sans aucun subterfuge. Poro, — tel était le nom du plongeur, — se tenait debout à l'avant, et, dès qu'il ne se trouvait plus qu'à sept à huit mètres de la tortue, il plongeait et nageait de telle façon, qu'il remontait à la surface à portée du chélone endormi. Il le saisissait alors tout contre la queue, et, s'appuyant sur le derrière, il le faisait enfoncer dans l'eau. La tortue, en se réveillant, se débattait des pattes de derrière : ce mouvement suffisait pour la soutenir sur l'eau, aussi bien que le plongeur qui la maintenait, jusqu'à ce que l'embarcation vînt et les pêchât tous deux, homme et bête.

Je passerai sous silence les adieux que je fis aux naufrageurs d'Ilctera, et mon retour au Fort-Impérial.

Au moment de me séparer de mon hôte, ce brave homme me fit présent d'une énorme tortue grosse-tête qui pesait trois cent cinquante-deux kilogrammes. Je me réjouissais à l'avance du nombre de soupers et de *turtle steaks* que j'allais offrir à mes amis de New-York, où je ramenais ma prise; je calculais le nombre d'œufs qu'on eût trouvés dans son corps énorme, et je me représentais le beau char qu'on ferait de sa carapace, un char dans lequel Vénus elle-même aurait pu sillonner de nouveau le *cæruleum mare,* à la condition que ses colombes lui eussent, comme autrefois, prêté leur assistance, et qu'aucun requin, aucun ouragan, n'eût fait culbuter le véhicule de la déesse.

Or donc, embarqué à bord d'un steamer que j'étais allé prendre à Savannah, je remontais tranquillement le long des côtes, songeant à l'heure précieuse qui me rendrait à la terre ferme, tant je souffrais du mal de mer. Il va sans dire que j'avais recommandé ma tortue à un des matelots du bord, afin qu'il lui fournît sa provende de légumes et d'eau de mer. Lorsque nous entrâmes dans la baie de New-York, le vent s'était calmé, la tempête ne faisait plus rage, j'éprouvais une sorte de répit, et je pus monter sur le pont. Tout en me promenant sur le gaillard d'arrière, je m'enquis du sort de mon gros chélone au manteau vert.

« Hé! là-bas, Johnny, comment va ma tortue?

— Ah ! Monsieur!

— Qu'est-ce à dire?

— Ah! Monsieur !

— T'expliqueras-tu, Johnny! Est-elle morte ?

— Non, Monsieur.

— Que lui est-il donc arrivé?

— Rien de bon, que je sache! Elle est...

— Vas-tu parler, drôle!

— Elle est tombée à la mer pendant la tempête. »

J'avoue que cette mauvaise nouvelle me trouva fort incrédule. Je me plaignis au capitaine, qui me répondit ne pas savoir ce que je voulais dire, et puis d'ailleurs « il n'était pas responsable du bagage de ses passagers ».

Je dus faire contre fortune bon cœur, tout en maugréant *in petto* de ma mauvaise chance. Mon pot au lait de Perrette s'était brisé au port.

Le lendemain de mon arrivée à New-York, en me promenant le soir le long de Broadway, quel ne fut pas mon étonnement en apercevant à l'angle de Park-Place, devant la porte d'un célèbre *bar-room*, une tortue qui ressemblait à s'y méprendre à celle que m'avait donnée Downing, laquelle, au dire de Johnny, était tombée à la mer pendant la bourrasque.

« Pardon, monsieur le *bar-keeper*, dis-je au maître du restaurant, y aurait-il de l'indiscrétion à vous demander qui vous a vendu cette énorme tortue exposée à votre porte?

— Pas le moins du monde; elle m'a été apportée hier soir, à minuit un quart, au moment où j'allais fermer les portes de mon établissement, par deux matelots qui l'avaient placée dans un sac. Ils me l'ont vendue trente dollars (157 francs), et j'ai fait un bon marché.

— Je le crois pardieu bien! et moi qui vous parle, moi à qui on a volé cette tortue, je vous rembourserais bien la somme pour rentrer en possession de mon bien. »

J'expliquai au *bar-keeper* ce qui m'était arrivé; mais, comme il s'était engagé à fournir le dîner d'apparat des *aldermen* de New-York, qui avait lieu le lendemain, il se vit forcé de me faire un déni de justice.

J'allai me plaindre au *chief of police*; ce magistrat me rit au nez; pour lui je n'étais qu'un pauvre *Frenchman*.

Dans un accès de colère, je courus au steamer

Rainbow pour me venger sur Johnny et le rosser d'importance. Johnny avait été débarqué le matin même, et s'était dirigé sur Boston. Je dus avaler mon affront en silence, jurant, mais un peu tard, qu'une autre fois, si jamais je rapportais une tortue, je la ferais porter dans ma cabine et me chargerais moi-même de sa subsistance.

IV

J'avais souvent entendu parler du lion de mer
comme du plus énorme phoque des régions arctiques,
et maintes fois, dans mes conversations avec des capitaines de navires qui revenaient du Labrador, je m'étais
enquis des lieux où se trouvaient ces monstrueux
amphibies. C'est particulièrement sur les côtes de
l'État du New-Brunswick, dans le haut Canada, vers
la baie de la Chaleur, qui fait face aux îles Made-
leine, que les lions de mer sont en plus grand
nombre. La nature du sol, les herbes particulières

qui croissent au fond de la mer, la tranquillité relative qui règne dans ce site éloigné des endroits
civilisés, tout concourt à les attirer dans ces eaux,
où le soir, le matin et quelquefois à midi, on peut
voir la plage couverte de lions de mer.

Un jour, grâce à ma profession de journaliste et
de voyageur, pendant mon séjour à New-York, ayant
appris qu'un *meeting* politique devait avoir lieu à
Halifax, capitale de la Nouvelle-Écosse, je me décidai
à me rendre dans cette ville pour sténographier les
discours, rendre compte des débats et les transmettre
immédiatement par le télégraphe électrique au journal auquel j'étais attaché. Je pris passage à bord
d'un des steamers Cunard, et, sans oublier de
joindre à ma valise de voyage la boîte de mon fusil,
je me confiai aux vagues de l'Océan.

Je ferai grâce à mes lecteurs des détails de ma
traversée, des incidents de mon assemblée politique, où les assistants faillirent en venir aux coups et
se prendre aux cheveux, après s'être injuriés comme
de vrais portefaix; j'ai pris l'engagement de décrire
une chasse aux lions de mer, et je tiens ma parole.

Il me fallait pour revenir à New-York, une fois
ma tâche remplie, attendre le passage du steamer
transatlantique venant de Liverpool, et faisant es-
cale à Halifax. Que faire pendant huit jours dans
une ville triste et morne comme la capitale de la
Nouvelle-Écosse? La solution était difficile, et ce fut
un des « amis » que je m'étais faits, pendant les
premiers jours de mon arrivée à Halifax, qui se
chargea de me tirer d'embarras.

« Parbleu ! me dit-il, vous m'avez, hier soir, parlé de votre passion pour la chasse; je vais, si cela vous convient, vous faire faire connaissance avec un de mes cousins, Daniel Tevis, grand amateur de sport, et qui se chargera de vous faire passer quelques heures agréables avant votre retour parmi les Yankees. »

Nous voilà donc en route, et nous traversâmes toutes les rues de la ville pour arriver à celle où se trouvait située la maison du cousin de mon ami de trois jours.

« Vous arrivez à propos et juste à temps, monsieur le chasseur français, me dit M. Tevis après m'avoir fait les honneurs de son salon. J'ai reçu ce matin la visite d'un Esquimau avec lequel j'ai fait connaissance, l'an dernier, sur les côtes de New-Brunswick : il m'a engagé à aller prendre part aux plaisirs des pêches et des chasses de sa tribu. Si j'en crois le rapport de mon sauvage, qui est venu acheter des munitions pour lui et les siens, le village qu'il appelle du nom barbare de Kamanatignia est bâti près de la pointe appelée Gasp, au nord de New-Brunswick, et en partant ce soir nous y arriverons au lever du jour. Ce projet vous sourit-il ? »

Courir à mon hôtel sans même demander de plus amples explications, me vêtir de mon plus chaud vêtement, sortir ma boîte à fusil, me charger de munitions indispensables : telle fut ma réponse à la propositson de M. Tevis, et quand je revins auprès de lui, harnaché, équipé et prêt à marcher en guerre, je bornai mon discours à ces paroles laconiques :

« Me voici, et j'aime à croire que je ne vous ai pas trop fait attendre ! »

L'Esquimau qui devait nous servir de guide n'était point encore revenu, bien qu'il eût promis à mon nouvel ami de le prendre pour partir avant le coucher du soleil. Probablement l'imprudent s'était attardé dans quelque *bar-room*, affriandé par les douceurs du brandy, du gin ou du rhum. Nos suppositions n'étaient que trop fondées ; car lorsque le malheureux vint nous trouver à la fin du dîner, que M. Tevis m'avait gracieusement offert de partager avec lui, il pouvait à peine se tenir sur ses jambes. Par bonheur l'instinct lui restait encore, à défaut de la raison ; sans son aide nous n'eussions jamais trouvé la véritable route qui conduisait à Kamanatignia.

Lorsque le traîneau fut amené devant la maison, nous nous y entassâmes tous les trois avec nos bagages et deux chiens de chasse appartenant à M. Tevis, et le signal du départ fut enfin donné.

Le cheval, couvert de grelots, attelé au *sledge*, faisait un bruit infernal, dominé pourtant, de temps à autre, par la voix de notre Esquimau criant à tue-tête : *Rigth, left, all straight,* afin de nous indiquer qu'il fallait obliquer à « droite » ou à « gauche », ou bien continuer « tout droit » devant nous.

Vers cinq heures du matin, grâce au clair de lune qui illuminait notre route, nous parvînmes devant une cinquantaine de huttes faites de boue et d'argile, et recouvertes d'une couche de branches de pin probablement destinées à faciliter l'écoulement des eaux.

L'aspect d'un village esquimau n'offre pas, à vrai dire, un coup d'œil fort pittoresque. Tout autour de nous nos yeux apercevaient des débris et des écailles de poissons, de la chair corrompue et autres immondices, dont les odeurs nauséabondes n'étaient atténuées que par la rigueur de la température.

Du reste, ce n'était point la seule épreuve qui nous fût réservée. Dès que la nouvelle du retour de Maroah (c'était le nom de notre guide) se fut répandue, aussitôt que l'on apprit que deux *gentlemen* de la ville l'avaient accompagné, tous les Esquimaux, hommes, femmes et enfants, se précipitèrent hors de leurs cabanes et nous entourèrent en poussant des hurlements de joie. Tous, sans aucune exception, étaient tellement couverts de vermine et de malpropreté, qu'à leur aspect nous reculâmes d'épouvante. Mais eux ne firent aucune attention au dégoût qu'ils nous inspiraient. Le sentiment de la répulsion leur était inconnu : ils ne le comprenaient donc pas chez les autres.

Les règles de la politesse en usage chez les Esquimaux exigent que tous les individus habitant le village, depuis le vieillard jusqu'à l'enfant qui commence à marcher, viennent vous saluer et vous donner une poignée de main. Cette cérémonie s'accomplit pour les deux étrangers avec le plus grand sérieux, au milieu d'un profond silence qui avait succédé aux élans d'une joie folle.

Lorsque cette présentation officielle fut terminée,

nous eûmes, mon ami Tevis et moi, à soutenir un feu d'interrogations de toutes sortes, qui se succédèrent sans relâche et se trouvaient répétées même par ceux qui avaient entendu nos réponses.

« De quel pays êtes-vous?

— De bien loin, là-bas, derrière la mer.

— Est-ce le pays où pousse le tabac?

— Non! c'est là où se fabrique la poudre? »

Et les questions succédaient aux réponses, les réponses aux questions.

Pendant que nous étions ainsi retenus, mon camarade et moi, par les hommes du village, je remarquai une activité extraordinaire parmi la population féminine de l'endroit. C'était un spectacle vraiment curieux que celui de ces créatures, réputées la plus belle moitié du genre humain, et qui certes, sous le 68° degré de latitude, faisaient mentir cette locution trop généralement flattée. Les « femelles » de nos Esquimaux (je prie le lecteur de me pardonner cette expression un peu hasardée, mais très vraie) couraient d'une cabane à une autre, et se démenaient comme des diables prêts à fêter le sabbat. Le résultat de toute cette agitation fut qu'on vint nous engager à entrer dans une de ces cabanes, habitation sombre et misérable, enfumée et peuplée d'insectes de toutes sortes.

Tevis et moi nous fîmes contre fortune bon cœur, et, grâce à un feu pétillant que nous priâmes nos hôtes d'allumer dans le foyer de la demeure par trop hospitalière des Esquimaux, nous cherchâmes à vaincre notre répugnance.

La cabane du village de Kamanatignia se trouvait disposée de la manière suivante : le sol était garni de poutres posées l'une sur l'autre, et composant une espèce de plancher, tandis que la partie supérieure avait une forme pyramidale et était couverte de troncs d'arbres sciés en minces épaisseurs, et recouverte de branches de pin solidement liées contre cette fragile paroi.

L'usage adopté par les architectes kamanatigniens est de garnir l'intérieur des huttes avec de la tourbe, afin de donner plus de chaleur.

La cabane des Esquimaux est ordinairement divisée en deux dans toute sa longueur, c'est-à-dire à partir de la porte jusqu'au mur du fond, par des poutres parallèles. Celles-ci sont traversées par d'autres qui s'entre-croisent d'un mur à l'autre de la hutte. On forme ainsi neuf sections, dont les trois premières, voisines de la porte, sont destinées à la conservation du bois, des hardes et des ustensiles de ménage, tandis que les trois autres, adossées au mur du fond, renferment les provisions et les ustensiles les plus fins. Quant aux trois portions qui restent, la plus grande, placée sous l'orifice supérieur, par lequel s'échappe la fumée, sert de foyer ; l'espace à droite de ce foyer est occupé par le propriétaire et sa femme ; celui à gauche est le logis des autres habitants de la cabane. Si la famille est considérable, les membres les moins importants se logent comme ils le peuvent.

Le village de Kamanatignia n'était pas, du reste, seulement composé de cabanes. Les Esquimaux avaient construit, chacun à quelques mètres de leur habitation, des réservoirs pour le poisson, élevés sur de hautes poutres, afin que leurs provisions fussent ainsi à l'abri des atteintes des loups, des renards, des ours et d'autres animaux omnivores, et particulièrement ichtyophages.

Les Esquimaux se nourrissent généralement de poisson frais, fumé, salé, cru ou cuit. Nous avons en Europe une sorte d'horreur peu raisonnée pour le poisson cru ; chez les habitants de Kamanatignia, où j'ai été à même de faire l'expérience du poisson cru, je déclare formellement qu'avec un peu de sel, c'est un mets passable, et qu'au moyen d'une cuillerée de vinaigre le poisson cru devient très appétissant.

Tout autour du village esquimau se trouvaient parqués des brebis, des chiens et de petites vaches anglaises qui paissaient et broutaient, dans les espaces limités de leurs claies, l'herbe rabougrie du rivage. En temps de disette, l'hiver, lorsque les vivres manquaient, quand la chasse était impossible et la pêche peu pratiquée, ce pauvre bétail devait être tué, salé ou fumé, pour servir à nourrir les Esquimaux détenus dans leurs cabanes par l'épaisseur de la neige.

La cuisine des Esquimaux n'a pas une grande diversité de sauces ; elle ignore les artifices de Carême et de Brillat-Savarin, qui du reste lui seraient inutiles. Pas n'est besoin de réveiller l'appétit de gens qui ont toujours faim. Tuent-ils un cerf, ils le font cuire dans sa propre graisse, après en avoir haché la chair par petits morceaux. La langue passe pour un des mets les plus succulents. La graisse, et surtout la moelle des os, sont considérés comme un régal délicieux. Les Kamanatigniens font cuire le sang et le mangent en guise de potage. Parfois aussi le gardent-ils gelé dans des vessies, et ils le retrouvent l'hiver comme une précieuse conserve.

Il y a généralement plus de variété sur la table, ou plutôt dans la marmite des Esquimaux chasseurs, qui ont toujours appendus aux crocs de leur garde-manger diverses sortes de quadrupèdes et d'oiseaux. Ceux de Kamanatignia possédaient presque tous des jambons fumés d'ours et des lagopèdes (oiseaux aux pattes de lièvre, de la famille des alectrides et du genre « tétras ») salés et encaqués dans de petits barils. Pendant notre séjour parmi eux, ils composèrent des sauces de toutes sortes, dans lesquelles ils faisaient entrer pour condiments des graines de myrte, des baies de genévrier et des tiges d'angélique et de rhubarbe. On nous fit même goûter des confitures de mûres et d'angélique, enfermées dans des boîtes d'écorce de bouleau, qui conservaient aux fruits leur fraîcheur et leur piquant arome.

La boisson principale des Esquimaux de Kamanatignia consistait en lait coupé, en bouillon de viande ou de poisson, et le plus souvent en eau pure. En hiver, un chaudron placé sur le feu, et alimenté avec de la neige et de la glace, sert à abreuver les Esquimaux, qui boivent de l'eau tiède sans aucune répugnance. Une cuiller en bois est utilisée pour puiser à même dans le récipient.

Le soir même de notre arrivée à Kamanatignia, nous étions assis, Tevis, Maroah et moi, autour du foyer de notre cabane, digérant un dîner préparé par nos mains, et qui était composé de poisson et de tranches d'ours frais rôties sur le gril, le tout arrosé d'une bouteille de porto, lorsque le chef des chasseurs du village, nommé Tucurora, demanda la permission de causer avec les voyageurs blancs. Naturellement il entra aussitôt, et, après s'être accroupi sur une peau de renne et avoir allumé sa pipe au foyer, il commença ses interrogations, dont le sens nous était traduit par notre camarade de chambre, Maroah. Le résumé de cette causerie, traduite par l'intermédiaire d'un drogman esquimau, fut que dès le lendemain on irait faire la pêche aux lions de mer, qui se trouvaient en ce moment en grand nombre sur les îlots situés près de la côte orientale, en deçà de celle de Saint-Jean.

La plupart de ces îlots étaient si bas, que souvent, lorsque la mer soufflait, ils se trouvaient complètement submergés. C'était pourtant là que les pêcheurs allaient ordinairement attendre les troupeaux de lions de mer qui quittent les profondeurs de l'Océan pour se reposer sur ses bords.

Généralement les pêcheurs esquimaux cherchent à se placer sous le vent du troupeau, afin que l'animal, qui a le flair très fin, ne puisse pas soupçonner leur présence. Ils ont soin en outre de parler très bas et de ne pas faire le moindre bruit. Bien souvent leur attente dure des semaines entières; mais enfin le troupeau s'approche et s'établit au grand complot sur l'îlot, chaque rang repoussant au sortir de l'eau celui qui l'a précédé. Puis les lions de mer s'endorment paisiblement, sans soupçonner le danger qui les menace. C'est pendant ce sommeil que les pêcheurs se hâtent d'entourer l'îlot de tous côtés, en usant de la plus grande précaution pour ne pas réveiller le gibier.

Ces détails très circonstanciés, racontés à mon ami Tevis et à moi par Maroah et son camarade, nous avaient vivement intéressés. Il paraissait constant qu'un Esquimau placé en vedette sur l'îlot le plus voisin de la côte avait, le soir même, avant le coucher du soleil, annoncé, par un signal convenu, que les lions de mer étaient enfin arrivés. La pêche était donc organisée pour le lendemain, et, certes, nous étions arrivés juste à point.

Nos préparatifs furent bientôt faits ; car *on nous* prévint que nous ne devions pas nous servir de nos fusils, mais bien d'une arme toute particulière dont Tevis et moi recevrions un échantillon au moment du départ. Quelle était cette arme? Maroah se refusa à satisfaire notre curiosité et nous engagea à nous coucher ; car il s'agissait de se lever *at sunrisse*, c'est-à-dire en même temps que l'astre aux rayons dorés.

Je ne raconterai pas les péripéties de notre première nuit chez les Esquimaux de Kamanatignia, nuit interrompue par des démangeaisons indicibles, innombrables ; car les puces et une sorte de punaise fourmillaient dans notre hutte. Du reste, on se fait à tout ; et, je l'avoue à ma honte, dès le lendemain je ne faisais plus grande attention à tous ces insectes rongeurs.

Vers sept heures du matin, Maroah se présenta « chez nous » en sifflant un air bizarre qui, à ce que nous apprîmes plus tard, était le chant national du pays. Il nous trouva levés, sur pied et prêts à partir. L'Esquimau portait en main deux battoirs de la forme d'une pelle de boulanger, avec la seule différence qu'ils étaient faits d'un seul morceau de bois. Lui-même avait, appendu à sa ceinture, un troisième instrument de même genre.

« Bonjour, gentlemen, nous dit-il. Tout notre monde est prêt : on n'attend plus que vous. Voici deux assommoirs, et surtout frappez ferme sur le museau des lions de mer ; sinon vous rentrerez les mains vides ce soir. »

Il nous expliqua alors qu'à l'aide de ces battoirs on frappait l'amphibie sur le museau, et qu'aussitôt il tombait assommé comme le lapin sur les oreilles duquel on frappe du revers de la main.

Au sortir de notre hutte, un spectacle des plus extraordinaires frappa nos regards. Devant nous, dans les eaux de la mer, deux cents esquifs environ, faits de branches d'arbre arquées, sur lesquelles étaient tendues des peaux de lion de mer ou de vache, cousues ensemble avec grand soin et rendues imperméables, étaient montés par près de quatre cent cinquante natifs, tous armés de battoirs.

Le chef de la pêche, Tucurora, montait une barque d'écorce de bouleau, barque plus grande que les autres, où trois places nous avaient été réservées, pour

Tevis, Maroah et moi. Nous élancer dans le bateau, nous y accroupir et rester immobiles, tout cela fut l'affaire d'un moment.

Quelques minutes après, le signal du départ était donné, et la petite flottille s'avançait en ordre parfait sur les flots limpides de la baie de Kamanatignia, en observant le plus profond silence.

L'îlot des lions de mer se dressait devant nous, et, sur un arbre élancé croissant sur la côte orientale, un lambeau de toile à voile flottait au gré du vent, signal fait par la vigie cachée dans les rameaux du tamaris hospitalier.

En arrivant sous le vent de l'îlot, Tucurora ralentit la marche de son bateau, tandis qu'au contraire les esquifs les plus éloignés faisaient force de rames pour contourner les deux cornes de l'îlôt. Un quart d'heure après, le chef de la pêche demanda à voix basse, au pêcheur placé le plus près de lui, si l'île était complètement entourée. Cette question passa de bouche en bouche, et la réponse affirmative revint de la même manière au chef, qui s'avança alors vers la plage, suivi de tous les autres Esquimaux qui resserraient le cordon circonvallateur.

En jetant les yeux sur le sable qui se prolongeait d'un taillis rocailleux jusqu'aux flots de l'Océan, quel ne fut pas notre étonnement, à Tevis et à moi, d'apercevoir, couchés les uns à côté des autres, de nombreux amphibies ressemblant fort à l'espèce des phoques, dont ils sont une variété! C'étaient nos lions de mer.

Ces animaux ne diffèrent des phoques que par

une sorte de crinière frisée qui leur couvre les
épaules, et par d'énormes moustaches ayant près
de trente centimètres de longueur. La longueur du
museau et celle de la tête complètent la ressemblance du roi des animaux. Du reste, c'est là la
seule analogie; car, comme leurs congénères, la
terminaison *desinit in piscem,* et se compose d'une
fort belle queue, aussi large et aussi dangereuse
que celle d'un requin.

Ces pauvres lions, les plus inoffensifs de tous les
êtres qui peuplent les profondeurs de l'Océan, dor-
maient profondément, et n'avaient pas même confié
à l'un d'eux le soin de garder toute la commu-
nauté.

Tucurora donna l'exemple de l'attaque. Nous le
vîmes s'élancer d'un bond sur le sable et frapper au
museau, à l'aide de son assommoir, un énorme lion
couché le plus près du rivage. Les autres Esquimaux imitèrent leur chef, et la boucherie commença, boucherie à laquelle, je l'avoue, Tevis et
moi nous prîmes une grande part : tant le mauvais
exemple « déteint » même sur l'homme le plus po-
licé et le mieux élevé du monde! ·

Les animaux tués étaient aussitôt entassés sur le
bord de la mer, et l'on en formait ainsi une muraille
naturelle qui empêchait ceux qui survivaient au
massacre de se plonger dans la mer et de gagner le
large.

Les amphibies, ne trouvant plus d'issue, se je-
taient de côté et d'autre; mais de toutes parts ils
étaient atteints par les pêcheurs, qui s'efforçaient

de ne pas en laisser vivre un seul, ne fût-ce que pour *la graine*.

Le lion de mer, comme le cerf, pleure lorsqu'on va le tuer, et les cris poussés par ces pauvres bêtes désarmèrent maintes fois le bras de Tevis et le mien. Les Esquimaux n'y faisaient pas tant de façons ; ils frappaient sans merci à droite et à gauche, et chaque coup était mortel. Une demi-heure suffit pour exterminer tout le troupeau. *Deux* lions seuls, parmi tous les amphibies, leur avaient échappé.

On partagea le butin au prorata des animaux tués par chacun des pêcheurs, qui, après avoir assommé leur lion, lui avaient fait une marque sur le corps et en avaient entaillé une autre sur leur bâton, à l'instar de l'usage employé par les boulangers sur les chevilles de leurs pratiques.

Somme totale, le nombre des amphibies massacrés par les Esquimaux et leurs deux hôtes blancs s'élevait à deux cent vingt-neuf mâles et trois cents femelles de toutes grosseurs, de toutes forces.

La barque du chef fit plusieurs voyages dans la journée, comme aussi les esquifs des autres habitants de Kamanatignia, et le soir même tout le butin était empilé devant la porte de chaque cabane.

Le lendemain on songea à préparer toutes ces graisses, toutes ces peaux, tous ces lambeaux de chair. Je ne saurais dire à mes lecteurs le supplice enduré par notre odorat, à Tevis et à moi, en présence de la cuisson, de la torréfaction et des *bouille-à-baïsso,* de ces ragoûts imités de ceux des sor-

.cières de Macbeth. Jamais fumée d'asphalte, usine de colle-forte, fabrique de noir animal, n'avaient offensé à un tel point nos nerfs olfactifs.

Aussi, pour fuir cette atmosphère pestilentielle, mon camarade et moi, jetant notre fusil sur nos épaules, nous aventurâmes-nous dans les montagnes voisines du village à la poursuite des lagopèdes. Après de nombreuses recherches, nous parvînmes à rencontrer deux couples de ces oiseaux, qui tombèrent sous nos coups de fusil et servirent aux nécessités de notre souper.

J'ajouterai, en passant, que les Esquimaux ne se servent point d'armes à feu pour tuer les lagopèdes. Dès que la neige a couvert le sol, ils coupent des branches de bouleau qu'ils fichent solidement en terre. Ce bâton forme une fourche et sert à étendre les fils d'un piège d'une grande simplicité. Tout autour, en guise d'appât, le chasseur saupoudre la croûte de la neige de graines de genévrier, de bouleau et autres baies dont les lagopèdes sont très friands. Maintes fois les tétras arrivent autour du chasseur pendant qu'il tend ses pièges, et laissent infailliblement sur place leurs plumes et leur vie. Ce spectacle rend souvent plus prudents les autres lagopèdes : ils s'envolent; mais les baies sont tellement engageantes qu'ils ne tarderont pas à revenir, et aucun d'eux n'échappe à la mort.

Une seule famille des Esquimaux a quelquefois en sa possession plusieurs centaines de pièges, et dans les années favorables ils peuvent prendre de quinze cents à deux mille pièces de gibier. Au printemps,

les chasseurs tuent les lagopèdes mâles tout à leur
aise, et sans bouger de place. Il suffit pour cela de
contrefaire la voix des femelles, *pio-u pio-u*, et ceux-ci
ne tardent pas à se présenter et à s'abattre à quelques pas de leur mortel ennemi. A vrai dire, il n'y
a que les chasseurs extrêmement avides qui mettent
en pratique ce moyen horriblement destructeur.

Maroah, qui nous donna tous ces détails de chasse
pendant la veillée, nous raconta encore que l'on
pratiquait la pêche aux lions de mer à l'aide de
filets; mais que, comme on avait reconnu les in-
convénients de ces engins, qui effrayent les amphibies et diminuent par conséquent les produits de la
pêche, on l'avait totalement abandonnée.

Au mois de mars, lorsque la glace se brise et que
les banquises de Terre-Neuve et du Labrador flot-
tent devant Kamanatignia, les pêcheurs s'aventurent
encore à la poursuite des lions de mer qui se reposent alors sur des glaçons.

Il y a quelques années, les Esquimaux faisaient
aussi la pêche des lions de mer à l'époque où l'animal monte sur la glace pour y faire ses petits. Le
principal but de cette pêche était la capture du
jeune lionceau, dont la peau molle et blanche se
vendait à un très bon prix; mais la pêche d'hiver of-
frait des dangers réels. A vrai dire, ni les larmes
de leur famille, ni la crainte de la mort qui les
menaçait souvent, à chaque instant, pendant la
pêche, ne retenaient les habitants de Kamanatignia.
Accoutumés au péril, ils n'avaient devant les yeux
que les avantages de leur entreprise. On les voyait

partir en traîneaux, emportant avec eux tous les
instruments et les provisions nécessaires. Après deux
à trois jours de marche, ils commençaient leurs
opérations sur une vaste baie qui s'étend au nord ,
à trente milles de Kamanatignia. Cette vaste nappe
d'eau congelée était la demeure d'un très grand
nombre de lions de mer, dont les femelles, afin de
faire leurs couches, cherchaient à pratiquer un trou
dans la glace avec leur chaude haleine. Une fois le
jour obtenu, elles montaient sur la glace pour y
déposer leurs petits, qu'elles laissaient ainsi exposés
à la merci des pêcheurs.

En plusieurs circonstances, tandis que les Esquimaux étaient occupés à la poursuite de leur proie,
la glace sur laquelle ils se trouvaient se brisait, et
ils se voyaient emportés, avec leurs traîneaux et
leurs chevaux, sur de vastes banquises. Qu'on s'i-
magine un pauvre diable flottant ainsi au gré du
courant, et attendant une mort imminente. Le glaçon sur lequel il se trouve, rongé par l'eau, diminue de jour en jour, d'heure en heure.

Ordinairement la banquise s'ébranle si doucement, que l'homme ne peut s'en apercevoir. C'est
son cheval qui, le premier, lui donne le signal du
danger, en renâclant et en frappant du sabot. Afin
de se convaincre du mouvement du glaçon, le pêcheur esquimau y fait un trou et y enfonce un bâton,
à l'extrémité duquel il a attaché une corde à laquelle
est suspendue une pierre. Si la ligne perpendicu-
laire change de direction, le pêcheur abandonne son
traîneau, monte sur son cheval et s'élance au galop

vers le bord. D'autres fois il se jette à la mer; au cas où le glaçon n'est pas éloigné du rivage, et quand le cheval, qui a noblement et vaillamment traversé l'abîme à la nage, parvient à la banquise incrustée et amarrée au rivage, le pêcheur s'élance sur le glaçon et aide à sa monture à sortir de l'eau. Il est arrivé pourtant que, le glaçon étant trop éloigné de la rive, le pêcheur avait dû se résigner à

attendre un secours inespéré. Après avoir épuisé toutes ses provisions, il s'était vu forcé à tuer son pauvre cheval et à se nourrir de sa chair.

Pendant mon séjour aux États-Unis, quelques mois après ma visite chez les Esquimaux, un navire de Liverpool ramena à New-York un de ces chasseurs égarés qu'il avait trouvé en pleine mer, vers le 47° degré de latitude, dans la direction des îles Féroe. Le pauvre diable n'avait plus que la peau sur les os. Il se trouvait à jeun depuis trente-six heures. Depuis quinze jours il naviguait ainsi à la merci des courants, et trois fois la banquise sur laquelle il se trouvait avait roulé sur elle-même. A quelle horrible mort n'avait-il pas échappé!

Mais cette terrible leçon ne suffit souvent pas à un Esquimau pour résister à la tentation d'une nouvelle pêche en pleine mer; oubliant les dangers passés, l'amour du lucre l'entraîne, et, s'attelant lui-même au traîneau, si ses moyens ne lui permettent pas de racheter un autre cheval pour remplacer celui qu'il a... mangé, il court à une nouvelle proie et à de nouveaux périls. Toutefois le dénouement de ces pêches n'est pas toujours aussi heureux que celui arrivé à l'Esquimau dont je viens de parler. Au lieu de rencontrer en mer quelque navire hospitalier, les pêcheurs de lions de mer périssent de faim ou de froid; d'autres se noient, ou sont écrasés par les glaces qui s'entre-choquent.

Je n'importunerai pas mes lecteurs en leur racontant une chasse à l'ours et une battue aux caribous que nous fîmes, Tevis et moi, en compagnie de nos hôtes de Kamanatignia. Ces deux excursions aux montagnes boisées du sommet desquelles on plongeait sur la baie du fleuve Saint-Laurent, n'offrirent rien de très caractéristique ni de fort intéressant, et ne rapportèrent que deux ours et cinq caribous aux chasseurs de Kamanatignia.

Cinq jours après notre arrivée au milieu des Esquimaux, nous reprenions, Tevis et moi, le chemin d'Halifax, où j'arrivai juste à temps pour faire mes adieux à mon excellent camarade de chasse et m'embarquer à bord du steamer Cunard *l'Asia*. — Vingt-quatre heures après, j'avais repris à New-York mes fonctions de journaliste, et je publiais *in extenso* une narration en anglais de ce que j'avais vu chez les Esquimaux de la baie des îles Saint-Jean.

Cet article, ayant eu les honneurs de la reproduction dans tous les journaux de l'Amérique du Nord, m'a paru bon à être publié en français, dans mon pays natal. Puisse-t-il trouver le même accueil parmi mes compatriotes!

V

Le lit de l'Océan est, par sa structure et la bizarrerie des accidents de sa surface, exactement semblable à certaines parties de la terre ferme qui, à cette époque moderne, ont manifestement appartenu au bassin océanien, et présentent encore des vestiges irrécusables de leur origine.

Les moindres îles de la mer ne sont que des crêtes de montagnes dont la base pose sur des vallées offrant par intervalles des ondulations peu sensibles, des gouffres, des escarpements rocailleux aussi élevés, aussi irréguliers, aussi abrupts que ceux qui frappent nos regards sur la terre.

La ligne de sonde fait découvrir des éminences, des montagnes, des vallées, séparées par des abîmes, et dont l'agencement n'est pas moins varié ni moins étonnant que celui que nous remarquons dans la figure géologique de la terre.

Les vallées immergées sont couvertes d'une végétation drue et peuplées d'innombrables races nomades, auprès desquelles quelques-unes de nos grandes espèces, l'éléphant, la girafe, le rhinocéros, l'hippopotame, sont tout au plus des pygmées.

Le niveau moyen de la totalité de la terre ferme au-dessus du niveau de la mer est de 304 mètres, c'est-à-dire qu'en abaissant les montagnes et en élevant les vallées et les bords de la mer jusqu'à une hauteur uniforme, la surface que l'on obtiendrait par ce nivellement serait de 304 mètres au-dessus de la surface de l'Océan. En effet, le niveau moyen, en Asie, est de 350 mètres; celui de l'Afrique n'est pas connu; celui de l'Europe est de 204 mètres, et celui de l'Amérique est de 202 mètres (le niveau moyen étant, pour l'Amérique du Nord, de 230 mètres, et pour l'Amérique du Sud, de 344 mètres). D'un autre côté, la profondeur de l'Océan et de son bassin, si l'on en nivelait le fond, serait d'environ 6,770 mètres, ou environ sept kilomètres.

On a constaté dans l'Océan des profondeurs de onze kilomètres environ, et l'on a reconnu que ses eaux couvraient les trois quarts de la surface du globe. Conséquemment, si la croûte de la terre pouvait être détachée et jetée dans la mer, les montagnes les plus élevées ne suffiraient pas à donner la profondeur des plus grandes dépressions du bassin et resteraient au-dessous du niveau de 3047 mètres, et la masse totale de la terre se trouverait submergée à une profondeur de 1600 mètres au moins.

Qu'y a-t-il donc d'étonnant que dans ces vallées

profondes, inconnues, insondables, il existe des poissons gigantesques, des êtres fantastiques qui ne remontent à la surface de la mer que dans des circonstances toutes particulières?

Les anciens, plus favorisés que nous sous le rapport des apparitions de ces monstres marins, nous ont transmis des documents bien souvent traités de fables, mais qui, selon moi, étaient basés sur la réalité. Dans le nombre de ces êtres informes, géants et habitants de la mer dont l'existence est constatée par des témoignages auxquels on peut ajouter foi, le *kraken,* vulgairement appelé « poisson montagne », est peut-être le plus remarquable de la création, soit à cause de sa taille extraordinaire, soit à cause de ses proportions inconnues. Il est vrai que souvent la tradition change la vérité en mensonges, et les mensonges en de nouveaux mensonges; mais ceux qui aiment le merveilleux peuvent bien admettre l'existence d'une autorité traditionnelle qui s'est maintenue et a survécu à tous les sarcasmes, depuis les temps les plus reculés jusqu'à nos jours. D'après cette tradition, lorsque ce polype gigantesque paraît à la surface de l'Océan, il ressemble plutôt à une île ou à un récif qu'à un poisson, et s'il nage sous les eaux, les navires qui le rencontrent et le touchent de leur quille reçoivent des secousses qui font croire à des commotions sous-marines souvent expliquées par une éruption volcanique. La tradition prétend encore que le kraken est immortel, quoique la nature lui ait refusé la faculté de propager son espèce : il serait, en effet, difficile à l'Océan, malgré son étendue immense, de nourrir dans ses eaux une race nombreuse de ces monstres gigantesques. Il faut donc croire que le nombre des krakens se maintiendra tel qu'il a été dès le commencement de ce monde.

Il est bon toutefois de ne pas oublier un seul instant que toutes ces assertions ne sont que des suppositions fondées sur des probabilités. La nature ne renferme-t-elle pas une infinité d'êtres encore inconnus à la science humaine?

Néanmoins, si tous les faits qui paraissent tenir de l'impossible et du merveilleux n'avaient pour origine que les témoignages exagérés des marins et des pêcheurs, on pourrait, sans y mettre plus de façons, les reléguer au nombre de ces contes inventés à plaisir pour amuser les enfants ; mais il faut le dire, puisque cela est, plus d'un naturaliste digne de foi a confirmé et corroboré, à quelques modifications près, ces vérités populaires que la tradition nous a léguées.

Dans le nombre infini des contes répandus dans le public, qui se sont propagés au sujet de ce monstrueux polype, je citerai ceux-ci. Vers la fin du XVIII⁰ siècle, les habitants de la côte de Terre-Neuve, située entre le 48⁰ et le 50⁰ degré de latitude au delà de Pine-Light, remarquèrent que l'air était empoisonné à un tel point, toutes les fois que le vent soufflait de la mer, que leur pays paraissait être menacé de la peste.

Après maintes recherches, on finit par découvrir

que la cause de cette odeur nauséabonde et dangereuse venait du cadavre d'un immense kraken échoué
sur les récifs qui bordaient la rive en deçà du res-
sac. Je n'ai pas été à même d'approfondir quels
furent les moyens employés par les habitants de
Terre-Neuve pour se débarrasser de ce dangereux
et putride voisinage; j'ignore quels procédés ils
mirent en usage pour assainir l'air; mais toujours
est-il que la peste ne se déclara pas, et que, soit à
l'aide des oiseaux de mer qui dépecèrent ce cadavre,
soit grâce à un autre moyen providentiel que la tradition ne nous a pas transmis, le kraken disparut
et le pays échappa au fléau.

J'ai lu aussi quelque part qu'un évêque de Norwége
ayant été informé par des pêcheurs qu'une île nouvelle venait de surgir dans la baie de Bergen, résolut d'y célébrer la messe. Le sol était visqueux et
mou; mais, grâce à un bateau chargé de sable, on
put élever un autel à pied sec, et célébrer le ser-
vice divin, à la suite duquel on planta une croix de
bois entre deux monticules comblés au moyen de sable
et de pierres, pour prendre possession de l'île nouvelle. Au moment où l'évêque et son clergé s'embar-
quaient pour retourner sur le continent, l'île entière se mit en mouvement et disparut sous les eaux.
On reconnut alors que cette terre supposée n'était
rien autre chose qu'un kraken de la plus énorme
espèce.

Un capitaine américain, que j'ai beaucoup connu
à New-York, m'a raconté qu'en 1836, se trouvant
dans les atterrages des îles Lucayes, son navire

avait été attaqué par un kraken qui, étendant ses bras gigantesques, avait atteint et entraîné deux hommes de son équipage dans la mer. En vain leurs camarades avaient-ils cherché à arracher ces deux malheureux à la mort; tous leurs efforts furent inutiles. L'équipage avait cependant remporté une victoire partielle; car d'un coup de hache le timonier en chef avait tranché un des bras du polype. Cet appendice monstrueux mesurait trois mètres et demi de long, et sa grosseur était celle du corps d'un homme. J'ai vu ce curieux spécimen d'histoire naturelle dans le muséum de M. Barnum, à New-York, où il est contenu, racorni et replié sur lui-même, dans un énorme bocal rempli d'alcool.

S'il faut en croire un ex-voto qui subsiste dans la chapelle de Notre-Dame-de-la-Garde, à Marseille, et que j'ai vu dernièrement encore appendu contre une des parois de l'enceinte vénérée, des marins furent attaqués, sur la côte de la Caroline du Nord, par un kraken qui, se cramponnant aux mâts du bâtiment, s'efforçait de l'attirer à lui et de l'entraîner au fond de la mer. Il y serait parvenu si les marins n'avaient pas réussi à couper un de ses bras.

Si nous remontons plus loin dans les âges, nous trouvons dans Pline la description d'un énorme poisson tué sur les côtes d'Espagne, qui pesait, assure-t-il, plus de sept mille livres, et avait des bras si gros et si longs, qu'un homme ne pouvait pas en embrasser la circonférence. La conformité de ces récits anciens avec ceux d'époques postérieures ne permet pas de mettre en doute l'existence de cet animal, dont la grosseur est antédiluvienne. Il n'y a donc plus à se poser que cette question Les témoins de ces rencontres du kraken n'ont-ils point exagéré? La peur terrifiante produite par cette vue n'a-t-elle pas fait ouvrir démesurément les yeux aux marins qui se trouvaient en présence du monstre? L'horreur n'a-t-elle pas troublé le jugement du spectateur en lui faisant prendre des centimètres pour des mètres? Ce serait l'effet des bâtons flottants, qui « de loin sont quelque chose et de près ne sont rien ».

Mais non, tout cela est bien vrai; tous ces récits ne sont point des contes à plaisir. De nos jours les savants reconnaissent l'existence du kraken; seulement ils ont doté le monstre marin d'un nom scientifique : cela s'appelle un *céphalopode*.

Qu'on se figure un sac musculeux, épais, mollasse, visqueux, sphérique chez les uns, cylindrique ou en fuseau chez les autres, et de couleurs changeantes comme le caméléon, contenant des organes de respiration aquatique, un appareil circulatoire, un tube digestif, y compris un estomac comparable au gésier des oiseaux; qu'on place sur ce sac une tête ronde munie de deux gros yeux situés latéralement, entre lesquels débouche un petit tube représentant non pas le nez, mais l'anus; sur le sommet et au milieu de cette tête placez une bouche formée d'une lèvre circulaire, armée de deux mâchoires verticales cornées (un véritable bec de perroquet), et garnie à l'intérieur d'une langue hérissée de pointes cornées; tout autour de cette bouche,

implantez une couronne d'appendices charnus, sou-
ples, vigoureux, rétractiles, quelquefois beaucoup
plus long que le corps, et le plus souvent armés sur
leur face interne de deux rangs de suçoirs : vous
aurez une idée approximative des céphalopodes,
ainsi nommés depuis Cuvier, parce qu'ils ont les
pieds sur la tête; car les appendices qu'on vient de
décrire sont des pieds ou des bras, comme on vou-
dra, vu qu'ils servent indifféremment à la préhen-
sion et à la locomotion.

Les céphalopodes sont des mollusques du plus
haut rang. Les ganglions nerveux, groupés autour
de l'œsophage, dans leur tête percée du haut en
bas, tendent à se confondre en une seule masse, ce
qui est un trait de ressemblance avec les animaux
vertébrés; cet infime cerveau est protégé par un
cartilage, rudiment de squelette sur lequel s'insè-
rent les principaux muscles; la circulation a du
rapport avec celle des poissons; chez quelques-uns,
les yeux sont presque des yeux de vertébrés; chez
tous, les sexes sont séparés, etc. Ces caractères leur
assignent le premier rang parmi les mollusques. La
noblesse d'une origine antique ne leur manque pas
davantage : ils datent, sur le globe, des premiers
temps de la vie.

Tous sont marins et carnassiers; les uns habitent
la haute mer, les autres ne s'écartent point des
côtes. Les côtes de la Méditerranée, celles de la
Grèce surtout, en sont infestées. Il font un grand
massacre de crustacés et de poissons; leur domicile
se reconnaît aux débris d'êtres vivants qui en jon-

chent les approches. Ils nuisent doublement aux pêcheurs en leur faisant concurrence, et en faisant fuir les animaux pour qui leur voisinage est malsain. Les pêcheurs se vengent d'eux en les mangeant; vengeance de mauvais goût, culinairement parlant.

Voulez-vous vous représenter les céphalopodes rampant, nageant ou saisissant leur proie, renversez la figure que nous en avons donnée : la bourse redressée verticalement, la tête en bas, les bras étendus vous donnent le poulpe; les calmars et les seiches se tiennent horizontalement. Ils rampent en appliquant sur le sol leurs bras armés de ventouses; c'est de la même façon qu'ils saisissent leur proie; leur étreinte est irrésistible; la victime enlacée et comme aspirée a bientôt senti la morsure de ce redoutable bec de perroquet, dont ces longs appendices sont les pourvoyeurs. Il y a des exemples d'hommes morts de ce supplice. L'abondance des poulpes sur certains points du littoral de la Grèce en rend la fréquentation dangereuse pour les baigneurs; dans les îles de la Polynésie, ils sont l'effroi des plongeurs. C'est que leur taille est souvent très grande. Le *poulpe commun* de la Méditerranée est long d'environ deux pieds, et il en existe une espèce trois fois anssi grande dans l'océan Pacifique.

Mais il existe des céphalopodes dont la taille dépasse de beaucoup celle que les traités de zoologie assignent aux plus grands d'entre eux. Ainsi Péron a rencontré, dans les parages de la Tasmanie, un calmar dont les bras avaient sept à huit pouces de diamètre, et six à sept pieds de long; MM. Quoy et Gaymard ont recueilli dans l'océan Atlantique, près de l'équateur, les débris d'un mollusque de la même famille, dont ils évaluèrent le poids à plus de cent kilogrammes. Dans les mêmes eaux, Rang en a rencontré un de couleur rouge, qui était de la grosseur d'un tonneau. M. Streenstrup, de Copenhague, a publié d'intéressantes observations sur un céphalopode auquel il a donné le nom d'*architeuthis dux*, et qui fut rejeté, en 1853, sur le rivage de Jutland; le corps, dépecé par les pêcheurs pour servir d'amorce à leurs lignes, fournit la charge de plusieurs brouettes; le pharynx, qui a été conservé, a le volume d'une tête d'enfant; un tronçon de bras montré à M. Duméril a la grosseur de la cuisse. Enfin, tout dernièrement (en 1860), M. Harting a décrit et figuré diverses parties d'un animal gigantesque du même genre qui se trouve dans le musée d'Utrecht. Mais toutes ces observations le cèdent de beaucoup en intérêt à celle qui a été communiquée l'hiver dernier à l'Académie des sciences.

Le 30 novembre de l'année 1861, à deux heures de l'après-midi, l'aviso à vapeur *l'Alecton*, commandé par M. Bouyer, lieutenant de vaisseau, se trouvant entre Madère et Ténériffe, à quarante lieues dans le nord-est de cette dernière île, fit la rencontre d'un poulpe monstrueux qui nageait à la surface de l'eau.

Cet animal mesurait cinq à six mètres, sans compter les huit bras formidables de cinq à six pieds de long, et couverts de ventouses, qui couronnaient sa tête. Sa couleur était d'un rouge brique. Ses yeux, à fleur de tête, avaient un développement prodigieux et une effrayante fixité. Sa bouche, en bec de perroquet, pouvait offrir un demi-mètre. Son corps, fusiforme, mais très renflé vers le centre, présentait une masse dont le poids a été estimé à plus de deux mille kilogrammes. Ses nageoires, situées à l'extrémité postérieure, étaient arrondies en deux lobes charnus et d'un très grand volume.

M. Bouyer, se trouvant en présence d'un de ces êtres bizarres que l'Océan extrait parfois de ses profondeurs comme pour porter un défi à la science, résolut de l'étudier de plus près et de chercher à s'en emparer.

Il fit stopper aussitôt. En toute hâte, des fusils furent chargés, un nœud coulant disposé, des harpons préparés. Malheureusement une forte houle qui imprimait à *l'Alecton*, dès qu'il le prenait en travers, des roulis désordonnés, gênait les évolutions, en même temps que l'animal, quoique presque toujours à fleur d'eau, se déplaçait avec une sorte d'intelligence, et semblait vouloir éviter le navire; mais celui-ci le suivait toujours.

Aux premières balles qu'on lui envoya, le monstre plongea, passa sous le navire, et ne tarda pas à reparaître à l'autre bord en agitant ses grands bras. On le frappa d'une dizaine de balles. Plusieurs le traversèrent inutilement. L'une d'elles produisit plus d'effet; car il vomit aussitôt une grande quantité d'écume et de sang mêlé à des matières gluantes qui répandirent une forte odeur de musc.

Ce fut alors qu'on parvint à l'*accoster* d'assez près pour lui lancer le harpon avec un nœud coulant ; mais la corde glissa le long du corps élastique du mollusque, et ne s'arrêta que vers l'extrémité, à l'endroit des deux nageoires. On tenta de le hisser à bord. Déjà la plus grande partie du corps se trouvait hors de l'eau, quand l'énorme poids de cette masse fit pénétrer le nœud coulant dans les chairs et sépara la partie postérieure, qui, amenée à bord, pesait une vingtaine de kilogrammes.

Officiers et matelots demandèrent au commandant de *l'Alecton* à faire amener un canot, pour aller garrotter de nouveau l'animal et l'amener le long du bord. On y serait peut-être parvenu ; mais le capitaine craignit que, dans cette rencontre corps à corps, le monstre ne lançât ses longs bras armés de ventouses sur les bords du canot, ne le fît chavirer et n'étouffât peut-être quelques matelots avec ses fouets redoutables.

Il ne crut pas devoir exposer la vie de ses hommes pour satisfaire à un sentiment de curiosité, cette curiosité eût-elle la science pour base, et, malgré la fièvre ardente qui accompagne une pareille chasse, il dut abandonner l'animal mutilé, qui, par une sorte d'instinct, semblait fuir avec soin le navire, plongeait et passait d'un bord à l'autre quand on cherchait à l'aborder.

Cette poursuite n'a pas duré moins de trois heures.

J'ajouterai encore que les céphalopodes ne sont pas les seuls monstres marins qui attaquent l'homme et poursuivent les embarcations.

Certains journaux ont parlé d'une nouvelle espèce de poisson, armé ou orné de bras comparables aux bras humains, qui aurait été découvert par M. Onfroy de Thoron, dans le Pacifique, à six à sept milles du rivage; ce monstre marin s'éleva lentement du fond de la mer et vint se placer à côté de l'embarcation (une baleinière). Sur l'ordre de M. Onfroy, on cessa de ramer, et celui-ci s'arma d'un sabre, pour se tenir prêt à la défense en cas d'attaque de ce singulier animal.

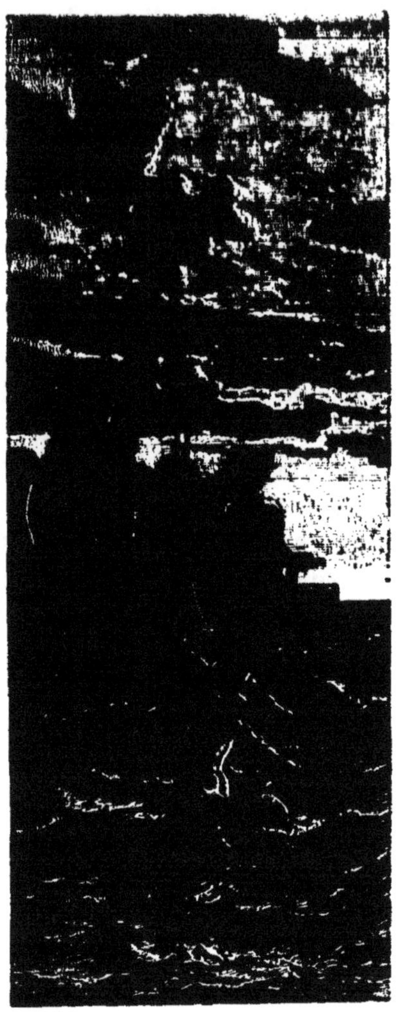

« Monsieur, c'est la *Manta*, lui dit le pilote; si elle se saisit de l'embarcation, coupez-lui les mains. »

Voici, d'après M. l'abbé Moigno, le signalement de cet amphibien. Ses bras étaient blancs et longs d'environ un mètre et demi; mais ils étaient très grêles, comparativement à leur longueur et à l'ampleur de son corps; en outre, ils étaient articulés comme les nôtres, c'est-à-dire au poignet, vers leur milieu, mais d'une façon plus arrondie que notre coude, et à la naissance de l'épaule. Ses mains, petites et légèrement recourbées, loin d'être blanches, avaient une couleur de vieux parchemin, ce qui leur donnait l'air de mains sales, et ses doigts, effilés et mal accusés, étaient probablement palmés; mais M. Onfroy ne put s'en assurer, parce que l'animal les tenait collés les uns aux autres. La tête de la Manta était aplatie dans le sens horizontal; elle était de forme triangulaire, et allait en s'évasant de plus en plus vers les épaules; enfin à la base elle avait plus de deux pieds de largeur, et sa gueule, qu'elle tenait fermée, avait toute l'amplitude de la tête; son corps, qui n'avait que quelques centimètres d'épaisseur, avait plus de quatre pieds de large, et son dos était plat, d'une largeur uniforme, au moins quant à la portion visible hors de l'eau, laquelle mesurait environ trois mètres de long.

La Manta resta pendant quelques minutes la tête hors de l'eau, le regard fixé sur M. Onfroy, un bras étendu sur l'eau et l'autre un peu plus élevé, et comme disposé à saisir l'embarcation.

M. Onfroy, durant ce temps, tenait toujours le sabre levé, prêt à frapper. Mais l'animal jugea prudent de se retirer; ce qu'il fit lentement, en se laissant descendre au fond de l'eau, sans faire un seul mouvement.

M. Onfroy signale à l'Académie des sciences le nouvel amphibie, et réclame la priorité de la découverte. — Rien de plus juste s'il s'agit d'un animal autre que l'*Ange de mer*, avec lequel la Manta offre de singuliers points de ressemblance, si nous en croyons la description ci-dessus et une figure de l'ange marin, que nous avons entre les mains.

Moi qui vous parle, ami lecteur, j'ai souvent interrogé de vieux pêcheurs canadiens au sujet des céphalopodes, et ils m'ont déclaré avoir vu plusieurs fois, vers la haute mer, de grands calmars rougeâtres de deux mètres et plus de long, dont ils n'avaient osé s'emparer.

En résumé, on ne saurait nier que la mer ne renferme des secrets sans nombre dans ses vallées incommensurables. Ce serpent de mer, qui paraît et disparaît plusieurs fois par an, et dont on décrit la forme comme ressemblant à celle d'une quantité de tonneaux liés à la suite les uns des autres, ne serait-ce pas un kraken, un céphalopode ? Qui ne se souvient des sirènes [1], moitié femmes, moitié pois-

---

[1] Comme on le sait, ou comme on ne le sait pas, la femme marine se divise en deux classes :

La sirène et la néréide.

La sirène, c'est le monstre antique, à tête de femme et à queue de poisson. Ce sont les filles de Parthénope, de Ligée et de Leucosie. S'il faut en croire les auteurs du XVIe, du XVIIe et même du XVIIIe siècle, les sirènes ne sont point rares. Le capitaine anglais John Smith vit en 1614, dans la Nouvelle-Angleterre et aux Indes occidentales, une sirène ayant la partie supérieure du corps parfaitement semblable à celle d'une femme. Elle nageait avec toute

sons, qui, réputées comme fables, sont pourtant
de nos jours à moitié avouées, surtout si l'on ajoute
foi à la description qu'un célèbre navigateur anglais,
Georges Anson, nous fait de ce poisson de îles
Philippines, nommé *pere-muger* (presque femme),

la grâce possible lorsqu'il l'aperçut au bord de la mer. Ses yeux
grands, quoiqu'un peu ronds, son nez bien fait, quoiqu'un peu
camus, ses oreilles d'une jolie forme, quoiqu'un peu longues, en
faisaient une personne fort agréable, à laquelle de longs cheveux
verts donnaient un caractère d'étrangeté qui n'était pas sans
charmes. En ce moment la baigneuse fit la culbute, et le capitaine
John Smith s'aperçut qu'à partir du milieu du corps cette femme
devenait un poisson ayant une double queue au lieu et place des
jambes.

Le docteur Kircher constate, dans un rapport scientifique, qu'une
sirène fut prise dans le Zuyderzée, et disséquée à Leyde par le
professeur Pierre Paw; et, dans le même rapport, il parle d'une
sirène qui fut trouvée en Danemark, et qui apprit à filer et à pré-
dire l'avenir. Cette sirène avait une longue chevelure, formée non
de poils, mais de filets charnus. Elle avait le visage agréable, les
bras plus longs que ceux des hommes, les doigts des mains joints
par un cartilage en forme de pattes d'oie, la peau couverte d'écailles
si blanches et si fines, que de loin on pouvait les prendre pour une
peau blanche et grasse. Elle racontait que tritons et sirènes forment
une population sous-marine qui, tenant pour l'adresse du singe et
du castor, se construisent, dans les lieux inaccessibles aux plongeurs, des grottes de rocailles où ils étendent des lits de sable sur
lesquels ils se reposent.

Jean-Philippe Abelinus rapporte, dans le premier volume de son
Théâtre de l'Europe, qu'en l'an 1619, des conseillers du roi de
Danemark naviguant de la Norwège à Copenhague virent un
homme marin se promenant dans la mer et portant une botte
d'herbes sur sa tête. On lui jeta un appât qui cachait un hameçon.
L'homme marin se laissa prendre au morceau de lard, y mordit, et
fut attiré à bord du vaisseau. Mais à peine fut-il sur le pont, qu'il
se mit à parler le plus pur danois et à menacer le bâtiment de sa
perte. Aux premières paroles qu'il prononça, les matelots, comme
on le pense bien, furent fort étonnés; mais quand des simples paroles
il passa aux menaces, leur étonnement se changea en épouvante.
Ils se hâtèrent de rejeter l'homme marin à la mer en lui faisant
toutes sortes d'excuses.

par les Espagnols, et qu'il assure ressembler en tous points, sauf le chant, aux sirènes des anciens? Suivant Anson, ces poissons ont une très grande force, et pour les prendre les naturels emploient des filets dont la corde est de la grosseur du petit

Il est vrai que, comme c'est le seul exemple d'homme marin qui ait parlé, les commentaires d'Abellinus prétendent que ce n'était point un triton, mais un spectre.

Johnston raconte qu'en 1403 on prit une femme marine dans un lac de Hollande, où elle avait été jetée par la mer. Elle se laissa habiller, s'accoutuma à manger du pain et du lait, apprit à filer, mais resta muette.

Enfin, pour finir comme un feu d'artifice, c'est-à-dire par le bouquet, Dimas Bosque, médecin du vice-roi de l'île de Manara, raconte, dans une lettre insérée à l'*Histoire d'Asie* de Bertholo, qu'étant à se promener au bord de la mer avec un jésuite, une troupe de pêcheurs vint tout courant inviter le père à entrer dans leur barque pour voir un prodige. Le père se rendit à cette invitation, et Dimas Bosque l'accompagna.

Dans cette barque se trouvaient seize poissons à figure humaine, neuf femelles et sept mâles, que les pêcheurs venaient de prendre d'un seul coup de filet. On les tira sur le rivage et on les examina minutieusement. Leurs oreilles étaient éminentes comme les nôtres, cartilagineuses et couvertes d'une peau mince. Leurs yeux étaient semblables aux nôtres par la couleur, la forme et la situation : ils étaient enfermés dans des orbites cachés sous le front, étaient garnis de paupières et n'avaient pas, comme ceux des poissons, différents axes de vision. Le nez, un peu aplati, ne différait du nez humain qu'en ce qu'il était légèrement fendu comme celui du bouledogue. La bouche et les lèvres étaient parfaitement semblables aux nôtres. Les dents étaient carrées et serrées l'une contre l'autre. Ils avaient la poitrine large, et couverte d'une peau extrêmement blanche qui laissait apercevoir les vaisseaux sanguins.

Les femelles avaient des mamelles, et sans doute quelques-unes nourrissaient; car, en pressant leurs mamelles, on en faisait jaillir un lait très blanc et très pur. Leurs bras, longs de deux coudées, plus pleins que les nôtres, étaient sans jointures; les mains étaient attachées au cubitus. Enfin le dessous du ventre, à commencer aux hanches et aux cuisses, se partageait en une queue double pareille à celle des poissons.

On comprend qu'une pareille prise fit grand bruit. Le vice-roi doigt, lorsqu'ils ne les tuent pas à coups de flèches.

La voix sévère de la science ne s'est point encore prononcée pour éclaircir un fait que l'amour du merveilleux accepte volontiers au sujet du kraken ou du

traita de ce coup de filet avec les pêcheurs, et fit cadeau, en la détaillant, de toute cette société de tritons et de sirènes à ses amis et connaissances.

Le résident hollandais reçut pour sa part une sirène, qu'il adressa à son gouvernement, lequel la retourna au musée de la Haye, où on la voit encore... empaillée.

De nos jours, une sirène a fait son apparition dans l'Océan équinoxial, s'il faut en croire les journaux d'Amérique dans lesquels j'extrais le passage suivant :

« Le journal de bord d'un navire ayant fait le trajet du port Trinitad (Mexique) aux îles Sandwich vient de remettre en question l'existence, tantôt affirmée, tantôt controversée par les naturalistes, de la sirène ou femme marine.

« C'est aux abords d'une petite île faisant partie du groupe de Sandwich, l'île des Oiseaux, située sur le parallèle du Cancer, qu'aurait eu lieu la rencontre d'une sirène par l'équipage du navire américain.

« Le 31 mars dernier, à huit heures du matin, six hommes formant l'équipage du bâtiment en question avaient quitté le bord, et se dirigeaient en canot vers une baie, dans l'intention de se livrer à la pêche, lorsqu'ils virent paraître, à quelques mètres de leur embarcation, une femme ayant la moitié du corps hors de l'eau et se livrant à des ébats de natation, tantôt disparaissant, tantôt se montrant à la surface.

« L'étonnement et la frayeur dont furent saisis les matelots ne peuvent se décrire. Ils stoppèrent immédiatement, et attendirent quelque nouvelle évolution de la femme marine pour prendre un parti. Celle-ci, nullement intimidée, se montra plus près du canot, et les matelots purent se convaincre que c'était, en effet, une femme parfaitement conformée qu'ils avaient devant eux.

« C'était une sirène d'une grande beauté. D'après le rapport, elle ne le cédait en rien aux plus belles femmes. Elle avait des cheveux bleus qui flottaient sur ses épaules ; sa peau était légèrement bistrée ; ses mains étaient fourchues ou palmées, et elle exprimait la surprise qu'elle éprouvait de voir ces hommes par des cris aigus.

serpent de mer; mais je me rappellerai toujours qu'en 1846, me trouvant à Newport pendant le mois d'août, à l'époque de la saison des bains de mer, j'entendis raconter à table d'hôte qu'un baleinier arrivé la veille au soir assurait avoir heurté, dans les eaux de l'île de Nantucket, un énorme serpent

« La partie inférieure du corps répondait peu à la conformation de la partie supérieure. En effet, à partir de la région ombilicale, le corps de cette femme, qu'on distinguait entre deux eaux, était terminé par une queue large et fourchue.

« Un matelot, placé sur la proue du canot, ayant jeté une orange à la sirène, celle-ci s'en saisit avidement, exprima sa joie par des cris, et, portant à l'aide de ses deux mains le fruit à sa bouche, laissa voir une magnifique rangée de dents jaunâtres et croqua rapidement l'orange.

« Le maître timonier ayant donné l'ordre de ramer, le canot se dirigea vers la sirène, qui, se voyant en danger, plongea rapidement et disparut quelques minutes, pour se montrer de nouveau sur le sillage de l'embarcation. On lui jeta des oranges, qu'elle saisit et qu'elle mangea; mais à chaque mouvement du canot tendant à se rapprocher d'elle, elle disparaissait.

« Retourner à bord du navire sans avoir raison de ce phénomène, parut chose puérile aux matelots, et l'un d'eux, encouragé par ses camarades, profitant d'un instant où la distance existant entre la femme marine et le canot était de dix mètres au plus, s'élança vers elle. Mais ce fut inutilement que l'intrépide nageur fit force de bras pour accoster la sirène. Celle-ci semblait se faire un jeu des efforts désespérés du marin, évitait son approche, tournait autour de lui, disparaissait et se montrait, tantôt devant, tantôt derrière lui, et disparut définitivement, blessée, pense-t-on, gravement à la figure par un coup de feu que lui tira le patron de la barque.

Le *Journal de Paris* fait observer que des récits antérieurs et revêtus d'une certaine authenticité ont signalé des apparitions de même nature en 1430, en 1614, en 1660 et 1672, à l'île de Ceylan, aux Antilles et sur les côtes du Mexique.

Enfin, d'après l'inventaire des objets d'histoire naturelle qui figuraient dans la galerie de la bibliothèque de l'abbaye de Sainte-Geneviève à Paris, au xvi⁰ siècle, on remarquait dans cette collection fort curieuse la main d'une sirène, provenant d'un port de la Hollande où une femme marine avait été capturée.

de mer qui avait plongé à l'instant pour reparaître à 500 mètres plus loin, visible de toutes parts, et offrant les plus effroyables proportions d'un monstre incommensurable. La peur avait empêché les marins de pourchasser ce kraken-serpent ; mais on l'avait suivi des yeux autant que le télescope l'avait permis : il avait enfin disparu dans la direction du cap Cod. Cette histoire me parut tout d'abord un *canard*, d'autant plus que le journal de Newport l'avait reproduite *in extenso*, et que le rédacteur de l'article annonçait qu'un *steamboat* était frété pour aller chercher le kraken-serpent et le combattre à outrance.

Naturellement ami du merveilleux, je sortis de l'*Hôtel de l'Océan*, et me rendis au bureau du journal, où je trouvai le rédacteur de l'article occupé à faire ses préparatifs de départ. Il allait à la pêche du serpent de mer, et lorsque je me fus nommé, il m'engagea à l'accompagner. Inutile d'ajouter que j'acceptai cette proposition, qui me souriait de toute manière. Un quart d'heure après, j'étais prêt à m'embarquer sur ce *steamboat*, à bord duquel se trouvaient près de deux cents amateurs, armés de *rifles* de toutes sortes et de tout calibre. C'était le soir ; le soleil qui se couchait empourprait l'horizon au moment du départ. Une foule immense encombrait le *wharf* lorsque nous quittâmes la rive à toute vapeur. Du quai, on nous souhaitait un heureux voyage et une bonne chance. Je n'oublierai jamais de ma vie ce spectacle à la fois imposant et burlesque. Bientôt les côtes s'amoindrirent, la nuit se fit, et nous songeâmes au repos. Nous ne devions arriver au cap Cod qu'à la pointe du jour. Chaque héros s'arrangea de son mieux pour passer la nuit : les plus heureux dans un hamac, ceux qui étaient arrivés les derniers sur les banquettes, sur le plancher, où ils pouvaient.

Peu à peu les conversations animées, les forfanteries sans nom des Américains s'éteignirent les unes après les autres; rien ne scintillait, si ce n'est la lampe de l'habitacle et les fanaux placés sur les tambours des roues. Tout autour de nous il faisait nuit noire.

Sur le pont, où j'étais resté un des derniers avec mon confrère le journaliste, l'obscurité était si profonde, que nous n'y voyions pas à deux pas devant nous. Nous éclairions notre promenade par la lueur de nos cigares.

La mer moutonnait autour de notre navire; une phosphorescence éclatante sillonnait la cime dentelée des vagues. La pensée du danger auquel nous courions de gaieté de cœur, pour satisfaire notre plaisir, fut entre l'Américain et moi le texte d'une conversation qui se prolongea jusqu'après minuit. A cette heure seulement nous regagnâmes la cabine que le capitaine, avec la déférence qui caractérise les Yankees pour le journaliste, avait mise à notre disposition.

Mon camarade dormait depuis longtemps et m'en donnait des preuves sonores; moi j'étais encore éveillé, pensant au serpent de mer et à tous les Régulus américains qui allaient dans quelques heures, me disputer l'honneur d'être le seul héros de la victoire. Le crépuscule me surprit plongé dans ces réflexions orgueilleuses. Ma toilette et celle de mon ami furent vite achevées, et nous étions les premiers sur le pont, notre fusil à la main, un télescope dans l'autre, interrogeant l'horizon à travers la brume qui nous dérobait la vue.

Peu à peu le tillac se couvrit de tous les amateurs de ce sport d'un nouveau genre; il ne manquait que des dames pour rendre la fête complète, et l'on se serait alors cru à bord d'un *steamboat* parti pour une de ces excursions de pêche (*fishing excursions*) si célèbres aux États-Unis. Tous étaient prêts au combat. Il s'agissait de vaincre ou de mourir... sous le ridicule.

Deux heures se passèrent dans une attente pleine d'impatience. On désespérait déjà de rencontrer le moindre cachalot, le plus petit marsouin, la plus mince bonite, lorsque tout à coup une voix s'écria :

« *Good God! I see him!* (Bon Dieu ! je l'aperçois!) Voyez, voyez, là-bas vers le nord, dans la direction du cap Cod, cette masse mouvante qui ressemble à une file de tonneaux attachés ensemble par chaque bout!... Voyez! voyez ! »

D'abord, je l'avoue, je crus à une mystification. Les narrations fantastiques du *Constitutionnel* et de plusieurs journaux américains me revinrent à la mémoire et obscurcirent ma myopie. Cependant je voulais voir. Je cherchai à découvrir le monstre à l'aide d'un excellent binocle de Chevalier, qui ne m'avait jamais quitté dans toutes mes excursions de chasse... Enfin, dans la direction indiquée par le pêcheur aux yeux perçants, j'aperçus, conforme à la description qui en avait été donnée, un immense poisson se tordant comme un S sur une mer assez calme.

A n'en pas douter, c'était un kraken, un serpent

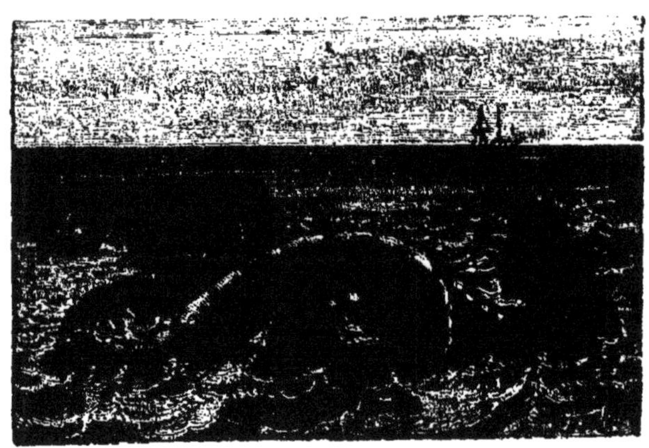

de mer. Le monstre n'était pas un mythe, c'était une horrible réalité.

Notre capitaine dirigea le navire sur cette masse mouvante, et fit faire force de vapeur.

Un quart d'heure après, nous avions gagné sur le serpent; nous pouvions mesurer approximativement sa longueur et distinguer ses formes, qui étaient celles d'une anguille gigantesque, mais très large sur le milieu du corps, pourvue de nageoires fort longues, et pareilles à des bras. La tête seule dis-

paraissait sous l'eau, et comme elle était la partie la
la plus éloignée de nous, il était impossible de saisir
l'ensemble de la forme.

Nous n'étions plus qu'à une portée de caronade
du monstrueux serpent, lorsque tout à coup un des
chasseurs qui se trouvaient à l'avant du *steamboat*
eut la maladresse de faire feu sur lui.

Ce mauvais exemple fut le signal d'une fusillade
générale; mais bien avant que chacun de nous eût
pû décharger son arme, le kraken disparaissait à
tous les yeux, s'enfonçant dans la mer et ne laissant
derrière lui qu'un sillage qui s'aplanit au bout de
quelques secondes.

Cinq heures durant, notre *steamboat* sillonna la
mer du cap Cod et suivit les méandres situés entre
toutes les îles et les récifs de la côte du Massa-
chusets-State; mais ce fut de la vapeur dépensée
en pure perte : le serpent avait repris la route des
vallées profondes, tapissées d'algues touffues, où le
calme règne toujours. Il nous fallut songer au retour, et nous tournâmes notre proue du côté de
Newport,

Honteux et confus;
Je jurai, *pour ma part,* qu'on ne m'y prendrait plus*!*

Il était heureusement deux heures du matin lorsque notre navire arriva au quai. Grâce à la nuit, il fut
facile à chacun de nous de regagner son domicile
respectif. Quant à moi, je rentrai à l'*Hôtel de l'O-
céan,* j'acquittai ma dépense, et, avant l'arrivée des

pensionnaires de M. Beaver, *landlord* de ce caravansérail hospitalier, j'étais sur le chemin de fer qui conduit de Boston à New-York. Là du moins j'étais sûr de ne pas avoir à subir des railleries sans fin, des plaisanteries amères adressées à celui qui avait *vu* le serpent de mer, mais qui ne l'avait pas *mis à terre*.

FIN

TABLE

16628. — Tours, impr. Mame.